언더워터

UNDERWATER

윤화성 지음

본 도서에 등장하는 인물, 사건, 단체는 실제와 무관한 창작입니다.
특정 종교, 기관, 인물과의 연관성은 없음을 밝힙니다.

내게 삶을 선물해 준 나의 사랑에게
이 유서를 바칩니다.
사랑합니다.

목차

물속으로

'믿는 자는 천국으로, 믿지 않는 자는 지옥으로.'

이 비겁한 이분법은 오히려 순수한 아이를 일깨웠다. 아이는 문득 궁금해졌다. 사랑하는 이가 없는 천국을 천국이라 부를 수 있을까. 사랑했던 이를 일체 잊어버린 채 신만을 사랑하러 가는 곳이 정녕 천국인 걸까.

"사이비 이단교인 '해례교'를 창설한 OOO 교주를 비롯해 국내 곳곳에 퍼진 여러 사이비 집단들을 다룬 다큐멘터리가 각종 OTT 플랫폼 국내 영상 순위 1위를 기록하며 많은 파장을 일으키고 있습니다"

3월 16일, 사이비 '해례교'가 다큐멘터리를 통해 세상에 민낯을 드러냈다.

‘사이비 이단교인 ‘해례교’를 창설한 OOO 교주가 구
속 영장 발부 이후 자택에서 극단적 선택을 하며 파
문이 일고 있는 가운데...’
“어이구 어이구, 못된 놈... 쥐뿔도 없는 사람들 실컷
벗겨 먹어 놓고선 지 혼자 죽어버리네.”
유나의 엄마는 혀를 끌끌 차며 뉴스에 격하게 반응
했다.
그해 11월 16일, 사이비 종교단체의 화려하고도 초
라한 몰락이었다.

검은 머리카락이 물에 퍼지며 붉게 일렁였다. 물이
꽉 닫힌 샤워부스를 범람해 넘치기 시작했다. 화장실
바닥으로 핏물은 샤워기로부터 뿜어져 나오는 물에
희석되며 점점 색을 잃어갔다. 배수구로 물이 천천히
흘러 내려가며 바닥이 흰색에서 붉은색으로, 다시 본
래의 색으로 돌아갔다. 샤워부스 안의 인어공주는 물
살에 따라 미동 없이 흔들리고 있었다.
그리고 이듬해 12월 19일, 소원의 극단적 선택은 그

로부터 약 1년 뒤의 일이었다.

'여호화여, 원컨대 이제 내 생명을 취하소서. 사는 것보다 죽는 것이 나음이니이다.' 돌이켜보면 신이 기록되던 그때도 지금도 삶을 산다는 것은 고통의 연속이었다. 내 마음속의 죄책감을 털어내고 나면, 그때쯤이면 정말로 난 이 삶을 끝낼 수 있을까. 참 웃긴 일이다. 내 삶의 원동력은 내가 하지 못한 것들에 대한 '미련'일까, 너와 같은 사람에 대한 일말의 '애정'일까.

/많은 사람이 내 이름으로 와서 말하기를 나는 그리스도라고 하면서 많은 사람들을 미혹할 것이다/

/거짓 선지자가 많이 일어나 많은 사람을 미혹하게 하겠으며 불법이 성하므로 많은 사람의 사랑이 식어지리라/

CHAPTER 01

순수한 증인

◇◇◇

"엄마..."

"아가..! 정신이 들어? 이제 엄마 알아보겠어?"

아이의 엄마는 아이를 다급하게 안아 들었다. 아이가 눈을 떴을 때, 주변은 사람들로 가득 차 있었다.

"감사합니다! 감사합니다, 목사님..! 흐윽, 정말 감사합니다!"

아이의 아빠는 멀끔한 차림의 여자에게 연신 고개 숙여 인사했다. 아이 아빠의 손을 잡고 다독이던 낯선 여자는 엄마에게 안겨있는 아이에게 다가가 머리를 쓰다듬었다.

"정말 다행이에요. 이 모든 영광을 주님께 돌립니다."

"흐윽...감사합니다 목사님..! 감사합니다 주님..!"

아이의 부모는 열도 채 떨어지지 않은 아이를 안아

든 채 여자의 앞에 무릎을 꿇고 기도했다. 아이의 기억은 대략 이맘때쯤부터 시작됐다. 고열에 시달리던 7살 경의 아이는 사경을 헤매다 3일째 되던 날 부모의 품에 안겨 간 웬 교회에서 겨우 눈을 떴다. 눈을 뜬 이후 급속도로 호전됐고, 아이의 부모는 이를 주님의 덕이라며 교회로 발걸음을 옮겼다. 부모의 말에 따르면, 아이는 병원에서도 해결되지 않던 지독한 열병에 시달렸고, 목사님의 기도를 받고 달아난 마귀로부터 살아난 순수한 증인이라고 불려졌다. 교회 사람들은 아이의 가족에게 한없이 친절하고 따뜻했으며 축복을 아끼지 않았다. 풍족했던 아이의 가족은 교단에 여러 이름으로 돈을 헌금함으로써 신앙과 믿음을 표현했다. 열병 사건이 해결된 이후로 아이의 가족은 순수한 증인을 낳은 가족으로 인정받고 추앙받았고 그에 보답하듯 간증 사례를 들며 신실한 가족 신앙을 꾸려나갔다.

"소원아. 삶과 신앙을 늘 함께해야 구원받는 거야, 응? 자꾸 이렇게 딴짓 할 거야? 소원이 너는 뭐라고 했지?”

본 예배 전 찬양을 제외하고도 1시간이 넘는 교회의 설교 시간은 막 뛰어다닐 어린아이에게는 고역이었다. 그러나 소원은 '순수한 증인'이었기에 다른 아이들과 달리 어른들과 함께 본 예배를 들어야 했다. 의무는 아니었지만, 역시 증인은 떡잎부터 다르다는 소리를 듣는 것에 취해 한두 번 부모님과 함께 듣기 시작한 것이 자연스레 굳혀진 것이었다. 아이가 노트 한 켠에 그림을 그리자 아이 아빠는 이를 보지도 않고 제지했다.

순수한 증인. 어린 귀에도 닳도록 들은 말이었다. 어린아이는 이따금씩 자신의 이름 대신 순수한 증인이라 불리는 것이 좋으면서도 버거웠다. 순수한 증인일 때는 어린아이임에도 예수처럼 성숙해야 했고, 성모 마리아처럼 온화해야 했다. 겨우 9살 된 어린아이에게는 너무나 버거운 칭호였다. 아이가 대답이 없자 아이 엄마는 매섭게 얼굴을 굳혔다.

“...안되겠다. 오늘 간식은 없어. 설교 끝나자마자 바로 집으로 갈 거야.”

아이는 입술을 삐죽거리면서도 차마 투정을 부리진 못했다. 중요한 예배 시간을 볼멘 투정 소리로 어그러뜨릴 순 없었다. 예배 시간은 지쳤지만, 절대 하나님이 싫은 것은 아니었다. 순수한 증인. 아이는 고사리 같은 손으로 무슨 뜻인지도 모르는 단어를 반복해서 그려나갔다. 부모는 결코 종교에 독실하다고 해서 자녀들을 방치하는 부모는 아니었다. 오히려 외벌이 가정보다 더욱 아이의 교육에 힘쓰며 열을 냈다. 교회를 다녀온 일요일이면 설교 예배가 끝나고 항상 가족들과 함께 시간을 보냈다. 비록 부모의 철저한 통제 아래에 있는 핸드폰이었지만, 소원은 또래 중에서 가장 핸드폰을 먼저 선물 받은 아이이기도 했다. 아이는 어린 나이임에도 교회에 다니는 많은 사람들의 사정이 결코 자신과 같지 않다는 것을 이미 알고 있었고, 그렇기에 부모님이 자신에게 더욱 엄격한 것이라고 굳게 믿었다. 아이의 엄마는 앞서 말했던 대로 교회가 끝나자마자 그 어느 곳도 들리지 않고 집으로 향했다. 차를 운전하는 부모님의 입은 내내 굳게 닫혀있었지만 차를 타고 내릴 때 조심하라는 말은 결코 아끼지 않았다. 집에 도착하자마자 엄마는 아이를 아이의 방으로 데려갔다. 방 곳곳에 종교의 흔적이 자연스레 묻어있었다. 침대 옆 방문과 마주 보도록 배치한 넓은 책상에 앉은 아이의 엄마는 책장에서 두꺼운 책자 하나를 꺼냈다. 사소한 가구 배치에서도 여러 자문을 통해 아이의 집중력과 사생활을 함께 존중해주려는 노력이 묻어났다.

"소원아, 이리 와서 엄마 앞에 앉아봐."

아이가 조용히 의자를 끌어 앞에 앉자 엄마는 책을 펼쳐 그림들로 가득 찬 페이지를 뒤적거렸다. 빠르게 넘겨지는 코팅된 종이들이 날카로운 소리를 내며 손에서 튕겨 나갔다. 이윽고 원하던 페이지를 찾았는지 아이의 눈앞에 큰 그림이 드리워졌다. 검은 배경 속 벌거벗은 사람들이 피투성이가 되어 고통 속에서 몸부림치고 있는 그림이었다. 그림 속 사람의 신체 조각들은 마치 장난감 조각처럼 불구덩이 혹은 검은 바닥 위에서 나뒹굴고 있었다. 끔찍한 그림에 아이는 화들짝 놀라며 몸을 뒤로 내뺐다. 그러자 엄마는 진지한 얼굴을 한 채로 아이의 팔목을 휘감아 다시 앞으로 끌어왔다.

"자, 이거 봐. 이게 뭐 같아?"

한 손으로는 아이의 팔목을, 다른 한 손으로는 그림을 짚어가며 엄마는 집요하게 물었다. 페이지가 넘겨질수록 시꺼멓고 빨간색으로 가득 찬 고통스러운 그림들이 일렁였다.

"여기에 뭐라고 쓰여 있어? 읽어봐."

엄마는 추궁하듯 물었다.

지옥도. 누군가가 보고 온 지옥을 그린 그림이었다.

"지옥도요..."

아이가 기어들어 가는 목소리로 답하자 엄마는 한층 풀어진 목소리로 다정하게 말을 이어갔다.

"맞아. 이건 지옥도야. 실제로 지옥에 다녀온 사람들의 이야기를 듣고 그린거야. 직접 봐보니까 어때? 무섭지?"

아이는 말없이 고개를 끄덕였다. 아이의 반응을 살피는 동시에 엄마는 그림을 손가락으로 짚어가며 설명하기 시작했다.

"여기 이 새까만 동물같이 생긴 것들 보여? 이게 다

사탄마귀야. 말씀을 안 듣고 믿지 않은 사람들을 데려다가 여기서 이렇게 고통을 주는 거야. 한번 지옥에 끌려간 사람은 남은 평생을 지옥에서 이 끔찍한 고통을 받으면서 영원히 살아가야 해."

"영원히?"

"영원히."

"무서워요, 엄마"

"무섭지? 그럼 이런 지옥에 안 가려면 교회 설교 시간에 딴짓하지 말아야겠지?"

"네."

"그래, 착하다. 우리 딸. 누굴 닮아 이렇게 똑똑한지 모르겠네?"

엄마는 그제야 환히 웃으며 아이의 얼굴을 쓰다듬었다. 아이가 의자에서 일어나 엄마에게 뛰어들자 두 팔을 벌려 크게 안아주며 무릎에 앉혔다. 끔찍한 그림이 펼쳐진 책상 위로 다정하게 서로를 얼싸안은 모녀의 모습이 역설적이었다. 엄마는 제 딸에게 심어준 것이 신앙에 대한 충성보다 공포일 것이라고는 전혀 생각하지 못하는 얼굴이었다.

“오늘 꿈에 저 사탄마귀들이 나와서 저 잡아가려 하면 어떡해요? 무서워요”

아이가 공포에 질려 물었다.

“우리 딸, 걱정 마. 우리 딸은 뭐라고 했지?”

“순수한 증인..!”

“맞아. 감히 어느 사탄이 순수한 증인에게 함부로 손을 대겠어. 사탄의 손이 닿기도 전에 주님과 천사들이 지켜주실 텐데. 그렇지만 혹시라도 사탄이 오면 우리 소원이는 순수한 증인이니까 동생을 지켜줘야 해. 우리 가족들 중에서 교회에 자주 빠지는 사람은 해은이밖에 없잖아. 그치?”

“네! 그럴게요!”

엄마는 아이의 머리를 쓰다듬으며 말했다. 엄마의 품에서 사랑받는 아이의 눈이 밝게 반짝였다.

“그리고 이건 우리 딸이 더 크고 나면 알려주려고 했던 건데, 사실 우리 소원이는 이미 한번 사탄을 만난 적이 있어.”

“네?”

아이가 놀라 번쩍 고개를 들며 엄마를 쳐다보았다.

작은 얼굴에 그새 공포가 서렸다. 엄마는 아이의 콧잔등을 살짝 건드리며 다시 말을 이어 나갔다.

"우리 소원이가 지금보다 더 아가였을 때, 사탄이 들러붙어서 괴롭혔었어. 사탄이 지옥불을 가지고 괴롭혀서 열이 펄펄 끓고 눈도 못 떴는데, 의사 선생님도 못 고치던 그 열병을 목사님이 기도 한방으로 싹 없애주셨어. 우리 딸은 그때가 기억나려나 모르겠네."

"응, 그때 기억나요. 엄마가 절 안아줬어요. 주변에 사람도 많았어요."

"어머, 그때가 기억나?"

"네!"

엄마가 놀란 듯이 묻자 아이는 당당하게 대답했다. 그러자 엄마는 아이를 더 단단히 끌어안으며 말했다.

"우리 딸 덕분에 우리 가족이 다 구원받은 거야. 아무것도 모르고 세상에만 빠져 살던 엄마 아빠를 교회로 이끌었어. 우리 딸 덕분에 우리가 증인이 되고 증인의 가족이 된 거야. 알겠지? 엄마는 이 사실이 정말이지 너무 영광스러워. 항상 고마워 우리 복덩이 딸, 사랑해. 이제 간식 먹으러 갈까?"

“네! 저도 사랑해요 엄마.”

“엄마가 더!”

서로를 끌어안고 대화를 나누는 모녀의 사이는 더할 나위 없이 행복해 보였다.

“우리 딸들, 잘 자”

아이의 엄마는 아이들의 이마에 입을 맞추고 방을 떠났다. 이윽고 아이들만 남은 방 안이었지만, 낮에 본 지옥 그림이 아이의 머릿속에서 떠나질 않았다. 방 한 켠 구석에서 낮에 봤던 그림들의 비명소리가 들리는 것 같았다. 눈을 뜨고 있는 것도 무서웠지만, 눈을 감는 건 더 무서웠다. 눈을 한번 감았다 뜨면 피투성이가 된 사람들이 책에서 기어 나와 자신과 동생을 둘러싸고 있을 것만 같았다. 아이는 침대에서 등을 떼지도, 이불 속으로 아예 들어가지도 못한 채 해가 뜨기만을 기다렸다.

‘목사님이 기도 한 번으로 없애주셨어.’

문득 낮에 엄마의 말을 떠올린 아이는 이불 속에서 작은 손을 끌어모아 속삭이기 시작했다. 사탄이 온다면 저보다도 동생에게 먼저 손길을 뻗을 것이 뻔했다. 아이 본인보다도 하나님을 잘 믿지 않는 동생이 더 위험했다. 아무것도 모르는 동생을 아이는 사탄이 뻗어올 검은 손으로부터 지켜야만 했다.

"사랑하는 주님, 전지전능하신 주님. 부디 사탄으로부터 저와 저희 가족을 지켜주시옵고 저의 동생인 해원이가 마음을 다잡아 교회에 나오게 해주세요. 그리고, 저는 천국에 가서 꼭 주님의 얼굴을 직접 보고싶어요. 또..."

작은 방 안 속 목소리는 새벽녘 어둠처럼 점차 줄어들었다.

"남녀칠세부동석. 동성애 금지, 정조, 훈민정음해례본. 이 단어들을 떠올린다면 무지한 세상 사람들은 그저 조선시대의 시대상이라고 생각하겠죠. 그러나 구원받은 우리들은 이 시대상이 조선시대, 혹은 그 이전부터 해례교가 쭉 전해져왔다는 증거임을 압니다. 모든 것이 해례교라는 뿌리에서 비롯되었다는 것을 압니다!"

"아멘"

"아멘!"

아멘. 사람들이 재창했다. 교단에 올라선 남자는 소매가 기다란 자줏빛 실크로 된 터럭 같은 것을 몸에 두르고 양손을 앞으로 뻗은 채 소리 질렀다. 투박한 마이크가 그의 목청을 이기지 못하고 치직거렸다. 그의 말이 끝남과 동시에 피아노 반주가 시작됐다. 남자의 목소리는 전혀 피아노 선율과 어울리지 못했다. 애초에 어울리려 노력하지도 않았을 것이다. 어울리려 노력해야 하는 것은 목사인 그가 아닌 그 밑의 사람들이었으니. 불협화음과 같은 소리는 수년간 들으며 이젠 익숙해졌다. 시간이 지나며 소원은 교복을 이제 입기 시작했다. 이젠 너무나도 당연해진 이야기를 들으며 소원도 입력된 듯 사람들과 함께 아멘을 외쳤다.

"사랑! 구원! 천국! 은혜!"

"아멘!"

"믿지 않는 자는 죽습니다! 믿어야 삽니다! 노아가 하나님을 믿었기에 홍수로부터 보호받았듯, 믿는 자에게! 하나님은, 우리의 해례님은 무한한 영광과 축복을 내립니다!”

“아멘!”

“항상 감사하며 오늘 말씀도 마치겠습니다. 아멘.”

아멘. 소원은 생각했다. 언제부터였을까. 이성 간의 연애를 금지하고 동성애를 혐오하는 나의 종교에 의문을 품기 시작한 것은. 사랑. 구원. 축복. 은혜. 부활. 영광. 좋은 뜻만을 가득히 눌러 담은 단어들이 더 이상 그만큼의 의미를 품지 않기 시작한 것은. 주구장창 남발해대며 결국 퇴색되어 버린 단어들이 어느샌가 지겨워지기 시작했다.

“오늘 말씀 어땠어?”

“좋았어요”

“우리 소원이도 교회 반주 같은 거 하면 참 좋을 텐데. 얼굴도 예쁘고 말야. 우리 교회에서 자랑스러운 순수한 증인이잖아~”

“하하. 감사해요.”

소원은 무미건조하게 대답했다. 젖살이 빠지기 시작한 소원은 과묵한 아이로 자랐다. 원래도 예쁘장했지만 성장하며 더욱 선이 고와지는 소원은 모두의 관심

대상이었다. 그러나 자라나는 10년이 넘도록 '순수한 증인'을 거들먹거리며 똑같은 칭찬 세례를 퍼붓는 교회 사람들이 소원은 지겨워졌다. 웃고는 있지만 그 속은 누구보다 문드러지고 절박한 사람들의 모임이 기괴하다고 생각했다. 구원이라는 골을 정해두고 일평생을 형체도 없는 존재에게 사랑을 전해야 하는 모습이 덧없고 처량했다. 그러나 소원은 언제나 그래왔듯 자신의 생각을 고이 접어두었다.

'믿는 자는 천국으로, 믿지 않는 자는 지옥으로.'

충격으로 각인된 지옥도가 소원의 마음속에서 피어나는 '혹시나' 하는 의구심을 자꾸만 덮어버렸다. 자동으로 재생되는 끔찍한 그림에서의 비명이 어느 날 꿈을 꾸고선 자지러질 듯이 울던 엄마의 모습과 겹쳐졌다. 소원의 엄마는 어느 한 저녁, 선잠에서 깨더니 무릎을 모은 채 서럽게 울기 시작했다. 아빠와 해은은 집을 비운 때였다. 숨도 제대로 못 쉬며 우는 엄마를 소원은 공포에 질려 쳐다봤다. 그 상태에서 소원이 할 수 있는 건 아무것도 없었기에, 그 옆에 무릎을 꿇고선 함부로 손을 대지도 못한 채 엄마에게 왜 그러냐며 무슨 말이라도 해달라며 채근했다.

"....사탄, 사탄이....흐으... 그 씨발놈의 사탄마귀가 흐으..."

한참만에 입을 뗀 소원의 엄마는 똑같이 사탄과 마귀라는 말만 반복했다. 처음 들어보는 엄마 입에서의 욕설에 소원은 놀랐지만 내색하지 않았다. 집중할 곳은 욕설이 아닌 그 이후로 엄마의 입에서 나와야 하는 말들이었다. 왜 그러냐는 말조차 더 하기 머쓱해진 때에 엄마는 토로했다. 꿈에서 아주 씨거먼 색의 사탄마귀가 해은의 머리채를 잡은 채 지옥으로 질질 끌고 가는 모습을 봤다는 것이 그 이유였다. 버둥거리는 해은을 붙잡을 수 없었다고. 엄마는 무릎을 모은 채 아이처럼 꺼이꺼이 울어 재꼈다.

"해은이. 어허엉 해은이한테 제발 전화 좀 걸어봐. 잘 있는지 제발 전화 좀 걸어봐."

엄마의 절규와도 같은 말에 소원은 해은에게 전화를 걸었고, 전화를 받은 해은이에게 간곡했다. 제발 같이 교회 좀 나가자고. 엄마가 네가 지옥으로 끌려가는 걸 보는 꿈을 꿨다고. 안 믿어도 좋으니 제발 엄마와 언니를 봐서라도 말씀 한 번이라도 들어보자고.

"드디어 같이 미친 거야?"

소원의 애원이 무색하게도 해은은 수화기 너머로
말했다.

"제발 정신 좀 차려. 끊어. 나 친구랑 놀다가 들어갈
거니까."

뚝. 전화는 끊겼다. 소원은 화가 났다. 말씀 한번 듣
는 것이 뭐 그리 힘든 일이라고. 나라고 좋아서 매주
교회에 가느냐고. 엄마가 울고 있지 않느냐고. 너 하
나 때문에 가족 신앙을 못 꾸리는 우리 가족이 짠하
지 않으냐고. 다 함께 천국에 가는데 너 혼자만 지옥
불에서 타들어 갈 거냐고. 따지고 싶은 말이 많았지
만 해은은 그 뒤로 전화를 받지 않았다. 혼절하다시
피 하는 엄마를 챙겨야 하는 건 소원밖에 없었다. 뜨
거운 엄마는 차가운 물로도 빨리 사그라지지 않았다.
찬 물을 들이킨 것은 엄마지만 왜인지 자꾸만 손끝이
춥게 구부려지며 떨리는 것은 소원이었다. 소원은 자
라면 자랄수록 내 종교와 부모님의 종교에 의구심이
생겼다. 그러나 그를 입 밖에 내서는 안 됐다. 입 밖에

내는 순간 나는 이단아가 될 것이고, 엄마는 졸도할지
도 모른다. 그래서 소원은 애써 생각했다. 믿지 않아
도 좋으니 보험으로라도, 좀 들어두자고. 해례교가 진
실이라면 나는 천국으로 갈 것이고, 거짓이라면 그냥
죽어서 끝나는 것 아니겠는가.

짝-! 큰 마찰음과 함께 아이의 얼굴이 돌아갔다.

"소원 엄마!"

남자가 달려들어 여자의 새빨개진 손바닥을 낚아챘다.

"내가..."

남자에게 손목을 잡힌 여자의 몸이 고개를 떨군 채 부르르 떨렸다.

"내가! 널 언제까지 애처럼 부둥부둥해줘야 해?"

거실에 정적이 맴돌았다.

"이만큼, 어? 이만큼 엄마 아빠 다 직장 그만두고 이단센터까지 데려갔으면 너도 그만 빠져나와야 되는 거 아니야? 넌 대체 무슨 애가 어떻게 돼먹었길래 아직도 이래? 지금 몇 개월이 지났는데도 넌 아직도 그대로야 어? 우리가 진짜 너 하나 때문에! 네 동생한테 넌 미안하지도 않아? 넌..!"

여자는 말을 채 끝마치지 못하고 숨을 크게 들이마셨다. 남자는 여자의 어깨에 손을 얹은 채 한 손으로 마른세수를 해댔다. 아이의 앞으로 부모의 그림자가 한 쌍으로 합쳐지며 크게 드리워졌다. 두 자녀가 모두 고등학교를 다니고 있던 그해 3월 16일. 세상에 해례교가 이단임이 드러나고 몇 개월이 지났다. 해례교 신도들의 신상과 교회 주소가 인터넷에 속속 올라왔다. 아이의 가족이 다니던 교회도 상황은 같았다. 해례교에 모든 것을 바친 것 마냥 숭고하게 굴던 두 사람은 해례교의 탄로와 동시에 주변을 의식하며 이단상담센터를 몰래 예약했다. 겨우 집 안의 두 사람이 바뀐 이후부터 부모에게 종속된 아이의 모든 것도 바뀌기 시작했다. 매주 가던 교회가, 평생을 하던 식전 기도가, 집 안을 대놓고 장식하던 모든 종교의 상징물들이 한순간에 사라졌다. 아이는 하루아침에 자신의 과거와 현재 그리고 미래를, 삶을 모두 잃어버렸다. 그리고 그해 11월 16일. 해례교가 완전히 몰락했다. 교주의 죽음을 기점으로 교단과 각 교회들은 와해됐고 사람들은 뿔뿔이 흩어져나갔다. 누군가는 교주의 자살을 두고 십자가를 진 숭고한 행동이라며 발악했지만, 그마저도 자살을 죄악시하는 성경의 기본교리에 의해 금방 일단락됐다. 그 모든 상황 속에서 아이는 그저 혼란스러웠다.

"엄마, 난..."

해례교, 못 그만둬. 아이의 울음 섞인 절규에 결국 여자는 힘이 풀린 듯 남자의 품으로 주저앉았다. 아이도 함께 천천히 주저앉으며 끝끝내 여자에게 눈 맞춰 말했다.

"엄마가 그랬잖아. 내가 순수한 증인이라고. 내 덕분에 엄마, 아빠, 해은이까지 우리 가족 모두 구원받은 거라고... 매일, 매주 교회에 데려갔었잖아. 매일 성경 읽게 했었잖아. 매일 목사님 말씀 듣고 정리하게 시켰잖아. 그 매일을, 내가 기억하는 그 나날 하루도 빠짐없이!"

"......"

"그렇게 나한테 해례교를 알려줬잖아."

울부짖는 아이의 눈 너머로 울분이 차올랐다.

"그런데 어떻게 이래? 어떻게 다른 사람도 아니고 엄마가 나한테 이래? 왜 나만 남겨두고 떠나려 해..? 엄마 아빠야말로 왜 주님을 저버렸어? 심판이 두렵지 않아? 왜 스스로 지옥 불구덩이로 들어가?! 왜? 왜?!"

아이는 바닥을 기며 발악했다. 평생 소리 한번 제대로 질러본 적 없는 가냘픈 목소리가 날카롭게 갈라졌다. 거실의 공기가 물속처럼 고요해졌다.

"아, 아아 여보, 애를 어떻게 하면 좋아..? 내가 앨 어떻게 해야 하는 거야..?"

여자는 곧 남자에게 안겨 입도 다물지 못한 채 오열하기 시작했다. 분명 저들의 품엔 항상 내가 안겨있었는데. 자신을 뺀 채 마치 피에타의 형상으로 얽힌 부모의 모습을 올려다보던 아이의 얼굴이 곧 눈물로 뒤덮였다. 넓은 거실이 심해처럼 아이를 짓눌렀다. 숨 쉴 곳이 필요했다.

"병신, 쯧."

조그맣게 열린 방 너머로 누군가 혀를 차는 소리가 들려왔다. 소원은 아무것도 할 수 없었다. 늘 그래왔던 것처럼.

CHAPTER 02

비릿한 무인지대

◇◇◇

"안녕"

그 애에게 먼저 인사를 건넨 이유는 딱히 없었다. 홀로 있기에. 삼삼오오 말할 상대를 찾은 아이들 속 홀로 말 섞을 상대 하나 없이 앉아 있기에. 그래서, 그냥. 말을 걸어봤다. 너의 시선과 고개가 앞으로 한번, 내 명찰로 한 번 더 꺾였다가 내 눈동자로 닿았다.

"안녕"

주소원. 네가 대답했고, 나는 대답하는 널 바라봤다. 그다음으로 '왜?' 라고 묻는 네게 난 할 말을 잃었다. 안녕이라는 말 뒤에 오는 왜라니. 딱히 할 말이 있어서 말을 걸었던 건 아닌데. 애는 뭐지. 괜히 인사했나, 라는 생각을 하며 나는 가만히 눈동자를 굴렸다. 칠판 옆 시간표 속의 점심시간 칸이 눈에 들어왔다.

"...점심 같이 먹을래?"

"그래."

그게 우리의 첫 만남이었다. 우리는 약속했던 점심시간을 보내고도 죽 함께 다녔다. 쉬는 시간에도, 수업 이동시간에도, 그다음 날 점심시간에도 그 이후로 항상. 좀 웃긴 점을 꼽자면 참 철저하게도 학교 안에서만 함께 다녔다. 너는 자아 없는 인형처럼 이거 할래? 하면 이걸 했고 저거 하자, 하면 저걸 했다. 그럼에도 우린 서로 그러한 관계에 의문을 가지지도, 서운함을 느끼지도 않았다. 일단 난 그랬다. 우린 고등학교 1학년 내내 서로만 보며 다니다가 2학년이 되자 다른 반으로 배정받게 되며 자연스레 찢어졌다. 난 언제나 그래왔듯 새로운 반에서 만난 새 동급생들과 그럭저럭 1년을 보냈고, 3학년이 되던 해 같은 반에서 그 애를 다시 만나게 됐다. 그 애와 함께 다니지 않는 1년 동안 난 이미 속할 무리가 생겼고 그 애는 여전했다. 멍하니 누군가 말 걸어주길 기다리는 듯이. 그래서 난 부러 말을 걸지 않았다. 같이 다닐 친구들이 이미 있다는 것이 이유는 아니었다. 솔직히 말하자면 내심 다시 만난 게 반가웠는데 날 알아본 체 한번 하지 않는 게, 그게 뭐라고 엄청 서운했다. 더군다나 고등학교 3학년은 무리가 있어도 제각기 바빴기에 누구 하나 홀로 다니더라도 크게 이상하지 않았다. 꾸준히 홀로 다니는 네가 눈에 밟히기도 했지만 이따금씩은 누군가에게 먼저 말 걸어볼 생각조차 안 하는 네가 참 이기적이라는 생각도 들었다. 반에서 적응하지 못하고 유랑하는 너를 아이들이 좋게 생각할 리 없었다. 공주님, 싸가지, ADHD. 부르는 말이 참 많기도 했다.

마지막 고등학교 생활 1년은 더럽게도 바빴다. 내신 성적부터 봉사시간, 교내 대회, 동아리 활동을 다 챙기다 보니 꽁무니가 빠질 것 같았다. 특히나 고등학교 3학년 층의 방송은 끊기는 날이 없었다. 지난 2년간 채우지 않았던 생활기록부를 아쉬워하고 후회하는 마음들이 교무실 곳곳에서 기어코 울음으로 터져 나왔다. 난 수시 지원 접수가 끝난 이후로부터 끊임없이 울리는 교내 방송으로부터 자유로워질 수 있었다. 적당히 같은 지역에서 통학이 가능한 대학교로 하향

지원한 나를 응원해 주는 건 엄마밖에 없었다. 입시가 막 끝난 고삼의 앞으로 펼쳐진 세상은 꽃밭이었고, 난 틈만 나면 학교를 쏘다니기 시작했다. 경쟁 사회에서 영원히 분리된 듯 유영하는 나를 발견한 선생님들은 접수 기간이 끝날 때까지 하루에 한 번씩 꼭 잡아채 더 높은 학교로 지망할 것을 권유했다. 그러나 '다른 곳은 장학금 안 주잖아요,' 라는 10대 학생의 말은 그를 지원해 줄 수 없는 이들의 입을 막기에 충분했다. 기껏 일궈놓았던 지난 내 학교생활이 아쉽지 않았던 것은 절대 아니었지만 내 선택을 스스로 감당할 수도, 감당해달라며 무작정 떠맡길 수 있는 상대마저 없다는 것이 내가 담담히 받아들인 현실이자 결론이었다.

여느 때처럼 자고, 산책하고, 학교 이곳저곳을 기웃거리던 권태로운 때였다.

'올해 초, 사이비 이단교인 '해례교'를 창설한 OOO 교주를 비롯해 국내 곳곳에 퍼진 여러 사이비 집단들을 다룬 다큐멘터리가 플랫폼 국내 영상 순위 1위를 기록하며 많은 파장을 일으켰었죠. 그 가운데 해례교

OOO교주가 자택에서 극단적 선택을 하며...'

　11월 16일. 검찰 수사를 앞둔 사이비 교주의 극단적 선택. 마침 수능도 끝난 시점에 학생들의 이목을 끌기 아주 좋은 시기였다. 지난 3월 16일. 해례교를 포함한 국내 사이비 종교들의 만행을 다룬 다큐멘터리가 공개됐다. 여러 집단이 있었지만 그중에서도 가장 큰 이목이 집중된 건 '해례교'였다. 사람들에게 생소하고 그 뿌리가 깊지 않은 신흥 종교였던 해례교는 온갖 플랫폼과 뉴스에 대문짝만하게 박제되어 홍보됐다. 사이비 다큐멘터리는 여러 플랫폼을 통해 공유되고 재공개되며 엄청난 영향력을 보였다. 그와 함께 '엇, 너 혹시~?' 라며 서로의 사이비는 아닌지 의심하는 농담이 유행하기 시작했고, 다큐멘터리에 나온 사이비 집단들의 주거지와 그를 믿는 신도들의 신상을 캐내는 컨텐츠가 함께 부상했다. 사이비 종교에 가족을 빼앗긴 피해자들, 종교에서 스스로 빠져나온 피해자들의 심경 영상이 재조명되며 관련 컨텐츠의 인기는 더욱 박차를 가했다. 학교 학생들 또한 마찬가지였다. 공공연하게 알려진 사이비에 다니는 애들을 배척

하고, 또 누가 다니는지를 은밀히 물색하기 시작했다. 그만하라고 했다간 같은 사이비 취급을 당했다. 하나둘씩 사이비에 다니는 애들이 속속 검거됐다. 스트레스 가득했던 학생들의 삶에 재미있는 요깃거리가 생긴 것이다. 그리고 시간이 흐르며 점점 사냥의 열기가 사그라들 때쯤, 사이비 교주의 자살 보도와 하나의 소문으로 인해 다시금 주변이 떠들썩해졌다,

"주소원 재, 해례교라던데?"

여러 쌍의 눈빛이 너를 향했다. 추웠던 겨울이 지나고 졸업식은 다가왔으며 그렇게 모두의 마지막 학교생활은 막을 내렸다. 그 애에 대한 나의 기억은 그 애를 뒤로하고 달아나는 내 모습이 마지막이었다.

"아아아악!"

쾅, 쾅, 쾅- 큰 소음이 새벽과 욕실의 타일 벽면에 부딪치며 크게 울렸다. 아이는 열린 방문 틈으로 욕실의 물건들을 집어 던지며 소리 지르는 여자를 두려운 눈으로 바라보고 있었다.

"엄마... 엉엉..."

헉, 유나는 놀라 눈을 떴다. 심장 소리가 온 귓가를 채웠다. 선명한 꿈의 기억에 근육이 경직돼 손가락을 움직이는 것조차 두려웠다. 꿈속 소음들이 아직도 귓가에 선명한 것이 억울할 만큼 현실의 방은 어둡고 고요했다. 새벽 6시 12분. 핸드폰을 켜 시간을 확인한 유나는 욕을 읊조렸다. 시발.

"하루 시작부터 잡쳤네. 하..."

유나는 핸드폰에서 충전기를 신경질적으로 분리시킨 뒤 다시 화면을 켰다. 밝은 화면 속 전날 채 확인하지 못한 연락들이 쌓여있었다. 메신저 어플 하단으로 기사 헤드라인들이 지나갔다.

‘충격, 이단 신도들의 20년 만의 극적 가족 상봉.’

‘영화’ 아도나이, ‘사실은 해례교를 모티프로 밝혀져’

대학생이 된 유나는 고등학교를 무사히 졸업했다. 사이비 종교 해례교가 교주의 죽음을 기점으로 와해된 이후로 반년이 넘게 흘렀다. 더 이상 방송 가처분을 신청할 만한 돈도, 명예훼손으로 고소할 인력도 모두 잃은 몰락한 종교법인은 사람들의 도마 위에서 여러 창작물에서 인용되고 재조립되며 오르내렸다. 어스름한 방 천장을 배경으로 아까 꿨던 꿈의 파편들이 다시금 엉겨 붙었다. 다시금 떠올리긴 죽어도 싫지만 절대 잊히지도 않는 그때의 감각들을 떠올리는 유나의 눈이 멍하게 퍼졌다. 기억이 꿈의 마지막 자락을 기점으로 다시금 재생되기 시작했다.

내가 뭘. 당신이란 사람. 작자. 잘못. 그만. 교회. 차.

어려서 대화를 이해하지 못했지만 어렴풋이 듣고선 인지했던 단어들이었다. 오전 3시 10분. 해도 뜨지 않을 새벽. 아빠는 아마 엄마가 새벽예배에 가는 것을 막으려 했던 것 같다. 엄마가 다니는 교회가 사이비라는 사실을 알게 된 아빠는 차키까지 뺏어가며 엄마의

외출을 막았으나, 한 사람의 의지마저 다질 수는 없었
다. 조곤조곤한 목소리도 크게 울리는 시간이었지만
엄마와 아빠의 목소리는 점점 커져만 갔다. 물속에서
뻐끔대듯 서로의 소리가 들리지 않는 것처럼 두 사람
은 서로를 향해 매섭게도 울부짖었다. 곧이어 짤랑거
리는 소리와 함께 현관문이 세게 닫혔다. 결국 아빠가
차 키를 뺏어들고 집을 나간 것 같았다. 엄마는 현관
문이 닫힌 순간부터 집안의 집기들을 하나둘 내던지
기 시작했다. 이리저리 깨지는 파열음들이 날카롭게
새벽녘을 찢어댔다. 엄마의 안중에 자식은 없었다.

'퉁-'

깨진 파편이 튕기며 방문을 쳤다. 이불 속에서 숨죽
이던 작은 몸이 벼락이라도 맞은 듯 크게 덜컹거렸다.
바닥에 내던져진 컵과 유리 접시의 파편들이 노란 장
판에 흠을 만들었다. 엄마는 그럼에도 분이 풀리지 않
는지 다음엔 욕실로 가 욕실용품들을 깨부쉈다. 아이
는 어른을 멈추어야 했다.

"엄마..."

슬그머니 열린 문틈으로 아이가 엄마를 부르자 엄

마는 활짝 열려있던 욕실 문을 닫히지 않을 만큼 밀었다. 아마 아이를 향한 어른의 마지막 배려였으리라. 그러나 욕실 문과 방문을 두고도 둔탁한 소음은 소름 끼치게 선명했다. 아이는 입을 막고 울었다. 둔탁한 소음이 제발 멈추어주길. 그 누구라도 엄마를 멈추어주길. 아이는 빌었다.

'지잉'

순간 고요함을 뚫고 핸드폰에 진동이 울렸다.

"와 씨, 깜짝이야."

유나의 눈동자가 다시금 초점을 잡으며 선명해졌다. 오전 7시 03분. 평일이어도 참 이른 시간의 연락이었다.

'언니 안녕하세요. 저 고등학교 동아리활동 함께 했던 해은이에요. 언니 잘 지내시죠? 언제 한번 얼굴 보고 싶어요.'

고등학교 후배 해은이었다.

"언니 잘 지냈어요?"

"나야 잘 지냈지. 해은이 너도 잘 지냈어? 더 예뻐졌네."

"아이 언니가 더 예뻐졌는데요? 대체 무슨 일이 있

었던 거에요!"

해은은 따사로운 초겨울의 정오처럼 해사하게 웃어 보이며 아부를 떨었다. 학교를 졸업한 이후로 밖에서 본 해은은 참 반가웠다. 교복을 벗고 학교 밖에서 보기는 또 처음이었다.

"됐어. 그래서 학교는 어때, 잘 다니고 있어? 삼학년이 된 기분은 어때?"

"그냥 똑같은 것 같아요. 급식은 여전히 맛없고요. 애들도 다 똑같아요."

"갑자기 언니한테 연락하더니 못 본 사이에 엄청 시니컬해졌네. 그간 무슨 일이라도 있었던 거야? 남자친구 사귄 이야기 뭐 이런 건 없어?"

"치. 남친은 무슨. 고삼이 무슨 연애에요. 심지어 여고인데. 그리고 언니 저 수능도 다 끝났어요."

해은이 음료를 빨대로 뒤적거리며 말했다.

"어?"

"오늘 11월 16일! 11월 다 지났잖아요 언니. 저 입시 끝났어요. 수능 가채점도 다 끝났고요. 이미 언니는 입시 다 끝났다지만 그래도 너무 관심 없는 거 아니에요?”

“어. 그렇네?”

유나의 표정이 한 대 맞은 것처럼 멍해졌다. 11월 16일. 그리고 함께 떠오르는 그 이름.

“벌써 1년이 지났구나...”

잊을 수 없는 이름이 다시금 유나의 머릿속을 뒤집었다. 유나는 말하며 살짝 고개를 떨궜다.

“아 뭐예요 언니! 그냥 농담이에요!”

해은은 갑작스러운 유나의 반응에 당황하며 앞으로 손을 휘저어 분위기를 환기시키려 했다.

“주소원.”

그러나 이윽고 유나의 입에서 나온 이름에 허공을 젓던 해은의 팔이 힘을 잃고 떨어졌다.

“안부 물을 정도로 친한 사이는 아니다만, 뭐 걔는 잘 지내?”

“...”

“...”

“아니요.”

순식간에 가라앉은 분위기 속에서 해은이 머뭇거리

며 쓴 웃음을 지었다. 그를 지켜보는 유나의 얼굴로 알 수 없는 묘한 표정이 드리워졌다. 찰나의 정적을 깨고 유나는 애써 아무렇지 않은 척 말을 이었다.

"아, 그래? 그래도 잘 지내길 바랐는데."

유나의 말을 끝으로 정적이 이어졌다. 카페는 조용했다. 낮은 음악과 어색하게 컵을 부딪치는 소리가 정적을 메웠다. 유나는 커피를 내려다보며 말했다.

"갑자기 왜 보자고 했는지 이제 말해줄 수 있어?"

해은은 아직 컵을 두 손으로 감싸 쥐고 있었다.

"...선배 아직."

잠깐 말을 멈춘다.

"저희 언니랑 그때 싸웠던 거요."

유나의 손이 멈춘다.

"그걸 왜."

"저 그때 선배랑 저희 언니랑 둘이서 애기하던 거 다 봤어요."

유나가 아무 말도 하지 않는 사이 해은은 계속 말을 잇는다.

"..언니 있잖아요."

“…”

“우리 언니 좀, 도와주세요.”

“미안.”

유나가 즉각 대답했다.

“거기에 관해서는 난 해줄 거 없어.”

“그…!”

“너한테도. 너희 언니한테도.”

유나가 의자를 빼며 발생하는 소음이 둘 사이를 갈라놨다. 해은이 엉거주춤 일어나며 유나의 팔목을 다급히 잡았다.

“저희 언니, 그 이상한 종교 나왔어요. 저희 가족 다 나왔어요. 이단 상담센터도 계속 꾸준히 다니고 있고요.”

해은의 다급한 말에 짐을 챙기던 유나의 손이 멈췄다. 종교. 유나와 해은에게는 그저 상처뿐인 키워드였다. 그럼에도 해은은 말을 급히 이어 나갔다.

“지금 저희 언니 정신과 상담이랑 같이 병행하면서 진짜 열심히 지내고 있어요. 그런데, 아아, 그게. 나, 아니 저, 언니 아니면 어디 기댈 곳도 없어요. 제발요 언니 진짜 죄송해요. 그런데, 그런데…”

틱, 틱. 해은이 다른 한 손으로 불안한 듯 손톱을 뜯어댔다. 조각조각 뜯겨나가는 잔해들이 횡설수설 퍼져나가는 목소리처럼 불안정하게 튀었다. 유나는 그런 해은을 가만히 바라보다 손을 잡아 제지했다.

"하…"

깊은 한숨을 쉰 유나가 잡히지 않은 다른 한 손으로 머리를 쓸어 넘겼다. 해은의 모습에서 마지막으로 보았던 소원의 모습이 겹쳐 보였다.

'도대체가 너희 자매는…'

유나는 차마 입 밖으로 뱉을 수 없는 말에 가슴이 답답해졌다. 마주하고 싶지 않은 주제를 피할 수 없음에 불편했다.

"도와주세요. 저희 언니가, 우리 언니 좀 제발 도와주세요."

해은의 내쉬는 숨과 함께 겨우 뱉어진 말이 다시 멎어 드는 숨으로 사라졌다. 눈물을 담아두느라 빨개진 해은의 눈가가 바르르 떨렸다.

"…"

"말해."

유나가 한숨과 함께 다시 자리에 앉으며 말했다. 해은을 어떻게 위로했는지 그리고 어떻게 헤어졌는지는 기억이 나지 않았다. 일단 그의 말에 따르면 소원은 고등학교를 졸업하고 이단 상담센터와 정신의학과를 병행하고 있다고 했다. 합격한 대학교는 1학년 1학기의 휴학 신청이 받아들여지지 않아 자퇴했다고 했다. 해은과 헤어진 후 복잡한 심경이 유나의 마음을 어지럽혔다. 그날 해은은 딸꾹질을 멈추지 못하면서도 떨리는 손으로 기어이 제 언니의 연락처를 적은 종이 뭉치를 유나의 손에 쥐여주었다. 그렇게 받은 종이에 적힌 연락처를 화면에 누르자 익숙한 이름이 떴다. 주소원. 차마 정리하지 못했던 연락처가 여전히 유나의 핸드폰에 남아있었다.

'끝이 더러웠던 친구에게 다시 연락하는 법'

유나는 애써 검색창에 적은 문장을 지웠다. 그래. 딱 그 정도 사이였다. 아니 어쩌면, 주소원과 나. 한때 친했을지 몰라도 끝은 무엇보다 진득했다. 이불에 몸을 뉘인 유나는 고민했다. 불편하지 않은 선택지가 없었다. 해은을 달래느라 등을 두드려줬던 손이 아직도 뜨뜻했다. 뜨겁고 척척한, 서럽게 우는 사람만이 뿜어대는 그 특정한 체온이 손바닥에서 영 가시질 않았다.

"아아아아~"

괜히 입 밖으로 소리를 내보며 유나는 어떻게든 생각을 그만두려 했다. 스멀스멀 머리를 감싸오는 정의내릴 수 없는 감정들이 기분을 저 끝까지 끌어내렸다. 결정을 내려야만 했다. 유나는 고민하다 다시 폰을 집어 들고는 전화를 걸었다.

"뚜르르- 뚜르르- 뚜르르"

'차라리 받지 말아라, 말아라, 말아라.'

유나는 속으로 빌었다.

"여보세요?"

연결음은 오래 이어지지 않았고 곧 익숙한 음성이 들려왔다. 지나버린 시간 사이에 변치 않은 목소리가. 어쩌면 조금 더 건조해진 그 목소리가 들려왔다.

"엄마 우리 어디 가?"

"좋은 곳 가지~"

"거기가 어딘데?"

“가보면 알아”

“엥”

“가면, 목사님이 아주아주 좋은 선물도 주실거야.”

“우리 교회 가?”

“응~ 엄마랑 같이 교회 가는 거야.”

“근데 웬 선물?”

“목사님이 우리 딸한테 줄 선물도 다 준비해놓으셨대. 좋지?”

“으응”

“목사님 뵙고 나서 아빠 몰래 엄마랑 둘이서 맛있는 것도 먹자?”

“헐. 좋아!”

그날은 비가 자작자작 내리던 토요일 오후였다. 돈도 없는 엄마는 맛난 것을 사주겠다며 몰래 끌고 나온 아빠 차에 나를 싣고 엄마가 다니는 교회에 데려갔다. 나는 어린 나이였음에도 우리 집 형편이 좋지 않은 걸 이미 알고 있었다. 맛있는 것을 사준다는 것이 다 거짓말임을 눈치챘음에도 엄마와 함께 간다는 것이 즐거워 괜히 기대하는 척을 했다. 퀴퀴한 비 냄새를 맡으며 허름한 건물에 도착한 엄마는 목사님이 나를 위한 선물 또한 준비해 놓았다고 했다. 어렸던 나는 선물이라는 말해 또 혹해, 교회 목사님이면 내 또래가 좋아할 만한 근사한 선물을 준비했을 수도 있다며 기대에 부풀었다. 친구를 따라서 갔던 친구네 교회에서는 항상 예쁜 머리핀도, 초코파이도 흔쾌히 내줬으니까.

"아이고 집사님 안녕하세요."

"어머 목사님~ 잘 지내셨죠~ 제 딸이에요, 박유나"

"그래 네가 유나구나. 어쩜 똑똑하게도 생겼네."

"유나 너도 어서 목사님한테 인사드려야지."

"안녕하세요."

"그래 안녕~"

교회 안에는 네다섯 정도 되는 어른들이 있었다. 그중 한 남자는 정장 차림으로 엄마를 반겼다. 어색한 분위기에 나는 엄마의 옷자락을 붙잡고 눈을 굴렸다. 엄마는 그런 나를 옆에 끼고 대화를 이어갔다. 한참 동안 어른들은 대화를 나누다 10여 분이 지났을 무렵 엄마가 까먹고 있던 나를 발견한 듯 내 어깨를 두르며 말했다.

"에고, 이럴 때가 아니지. 유나야, 오늘 목사님이 유나한테 선물 주신대~"

"선물?"

당시의 나는 고대했던 선물이라는 말에 눈을 반짝이며 좋아했다.

"그럼~ 목사님이 우리 유나 잘되라고 아주 좋~은 기도 해주신댔어."

"엥, 기도?"

"아유 목사님 기도만큼 좋은 선물이 어딨어. 얼른 가자. 엄마랑 같이 천국 가야지."

"아 진짜~"

"하하하."

엄마는 어린 나를 꼬드기고는 막상 교회 안에 들어서자 그제서야 내가 받을 선물이 목사님의 기도임을 밝혔다. 내가 대놓고 실망감을 떨치지 못하자 엄마는 오히려 기도만큼 좋은 선물이 어디 있냐며 무안해했다. 엄마와 친근하게 인사를 나누는 낯선 남자. 나는 모르는 나를 아는 사람들. 그사이에 갇혀 눈치껏 눈을 감고 듣는 기도는 실망감에 토가 나올 정도로 참 길었다. 내가 받고 싶어 하는 선물 하나 주지 않는 하나님을 내가 왜 사랑해야 하냐며 따지고 싶었지만 그마저도 엄마를 생각하며 꾸역꾸역 삼켜냈다. 가진 것 하나 없는 엄마가 유일하게 내게 줄 수 있는 것. 엄마가 믿는 신, 내게 그나마 전해 줄 수 있는 찬란할 사후세계로 들어갈 수 있는 방법이자 실체 없는 행복이었으니까.

"박유나. 넌 엄마 아빠 이혼하면 네 엄마 따라갈 거야 아니면 아빠 따라올 거야"

"아, 어어..."

"대답해. 네가 선택하는 거야."

"당신 그만해요. 진짜 애한테 대체 뭐 하는 거에요. 유나 넌 빨리 방으로 들어가. 얼른!"

"죄송해요... 죄송해요, 잘못했어요. 제가 다 잘못했어요"

"당장 안 들어가?!"

엄마를 따라갔던 그 교회가 사이비였는지 나는 그

때 몰랐다. 이단이라 하면 구구단 2단이나 떠올릴만한 9살도 안 된 애가 무엇을 알았겠나. 엄마 따라 교회에 다녀왔다는 평범한 말 한마디가 이러한 상황을 불러올 줄 9살도 안 된 애가 예상이나 했겠나. 아빠는 엄마에게 이혼을 말하며 내게 선택할 수 없는 선택지를 강요했다. 무서웠다. 나는 몸을 덜덜 떨며 빌었고, 아빠는 무서운 얼굴로 화를 내며 집을 나갔다. 싸움은 매일 새벽 반복됐고, 엄마는 집 안의 물건들을 집어던지기 시작했다. 온 세상이 부모인 아이 앞에서 성인의 남녀는 그래선 안됐다. 아이에게 평생 용서받을 수 없는 짓을 매일 새벽 반복했다. 죽고 싶을 만큼 긴긴 새벽이 끝나고 나면, 잔해가 남긴 노란 장판의 흠만이 전날 새벽의 일을 머금고 있었다. 그럼에도 아이는 어른들을 수없이 용서했다. 어렸던 나는 그럼에도 엄마를 미워할 줄 몰랐다. 새벽에 온 집안의 물건을 깨부수고 소리를 지르며 나를 무섭게 만들어도, 아무것도 몰랐던 나를 자식이라는 이유로 이상한 교회에 데려가도, 말씀이라는 명목의 사이비 교리를 듣게 해도, 그때의 난 엄마가 마냥 좋았다. 내 머리를 쓰다

듬는 엄마의 유독 뜨겁고 축축했던 손바닥이 다정해
서였을까. 나는 설령 내가 의지할 수 없는 불안정하고
연약한 사람일지라도 엄마가 좋았다.

"유나야."
"네"
"아빠 죽을까?"
"......"
나는 놀라 차마 고개도 젓지 못했다.
"니 엄마 꺼내려고 몇 년째 이러고 있는지도 모르겠
고 일도 없고 진짜 사는 게 너무 힘들다. 아빠 죽으면
사망보험금으로 니 엄마랑 그냥 같이 살아."
새벽녘의 소란이 익숙해질 즈음이었다. 나는 초등학
교 고학년이 됐고 엄마와 아빠의 사이는 진전이 없었
다. 바뀐 점이 있다면 아빠는 엄마의 뺨을 때리는 걸
멈췄고 엄마는 더 이상 집안의 물건을 집어 던지지
않았다. 다만 엄마는 매일 새벽이면 어딘가로 나갔고
아빠는 더 이상 입을 열지 않았다. 집 안에서 내딛는
모든 걸음들이 무릎팍까지 찬 물을 헤치고 나가듯 무

거웠다. 여느 때와 같은 밤, 아빠는 꽉 찬 검은 봉지를 손에 쥔 채 조용히 방으로 들어갔다. 그리고 내게, 끝을 말했다.

"...그거 다 피우면 죽어요?"

담배였다. 나는 물었다.

"이거 담배? 여기 사 온 거 한 번에 다 피우면 죽지"

"그럼 저도 알려주세요. 담배 피우는 법"

"..."

"저 아빠 죽으면 같이 따라 죽을래요."

지옥 같은 새벽녘이 반복되던 어느 날, 아빠는 검은 봉지가 터질 만큼 담배를 사 왔다. 죽겠다는 아빠에게 당시 초등학생이었던 나는 함께 죽겠다고 했다. 아빠는 그날 애써 사 왔던 담배를 봉지째로 버렸다. 아빠는 그날 온몸이 부서져라 엎드려 울었다. 난 좀 더 크고 나서야 엄마와 아빠 각자의 입을 통해 듣게 됐다. 우리가 가난했던 이유와 평생을 일했음에도 결국 의식주 중 무엇 하나 제대로 일궈낸 것 없는 우리 가족의 통탄스런 현실에 대해서. 아빠는 결혼 후에도 고시원에서 공부만 했다. 가진 것 없는 집안끼리의 결혼이었지만 엄마는 시누이들 등살에 아빠 뒷바라지에 혼자선 도저히 기댈 곳이 없었다. 그래서 엄마는 내 앞에 서면 곧잘 눈물을 보였다. 우는 엄마를 보며 눈물을 참는 것이 내가 엄마를 위로해 줄 수 있는 유일한 방법이었다. 그 어리고 예쁜 시절, 삶에 치여 가며 본인의 빛을 잃어가던 엄마를 사이비는 그들의 둥지로 끌어들였다. 엄마는 그곳에서 비로소 소속감과 안정감, 행복을 느꼈나 보다. 엄마가 다니던 곳은 이미 사람들 사이에서 유명할 정도로 악명 높은 사이비였지만, 그것은 달콤했을 것이다. 엄마 혼자 외벌이로 시댁 제사에 본인 가정까지 꾸역꾸역 챙기는 동안 아빠는 본인이 원하던 공부만 실컷 하다 그제서야 엄마를 사이비에서 빼내려 사방팔방으로 뛰어다녔다. 엄마는 왜 그곳이 진리인지를 설명했고, 아빠는 그곳이 왜 진리가 될 수 없는지를 설명했다. 엄마를 미워하려니 그 시절의 엄마가 짠하고 아빠가 미워졌다. 아빠를 미워하자니 가족들에게 돌아갈 보험금을 생각하며 극단적 선택까지 하려던 아빠가 생각나 마찬가지로 불쌍했다. 누군가를 미워하려니 누구 하나 불쌍하지 않은 사람이 없었다. 나도 분명 맞았건만 어느 누구 하나 맞지 않은 사람이 없었다. 연민이 너무 커서 감히 미워할 수조차 없었다. 바보처럼 바늘을 들고도 누구 하나 찌르지 못해 내 주머니에 넣고 다녔다.

"그래도 나쁜 애는 아닌 것 같았는데."

"어쩌다가 그랬대?"

"그래 놓고 자기는 아닌 척 소름 끼쳐."

"다른 애들 사이비인 거 차차 밝혀질 때 얼마나 쫄렸을까~"

대놓고 들으라는 듯 키득대는 목소리들이 교실을 번잡하게 헤집었다. 유독 선선하고 햇빛도 화창한 오후였다. 한창 온갖 뉴스에서 떠드는 사이비가 같은 반에 있다는 사실은 더할 나위 없이 좋은 소재거리였다. 때마침 입시도 끝났겠다, 비호감이던 여자애를 두고 난 재미난 이슈라니. 유흥 거리를 좇는 눈동자들이 한 인간을 집요하게 탐색하고 입으로 씹어댔다.

"그만해."

주어는 없지만 대상만큼은 명확한 말 한마디에 교

실의 분위기가 그 애의 어깨처럼 경직됐다. 그리고 우습게도 나는 말을 내뱉은 지 1초 만에 내 행동을 후회했다. 누구 하나 '그래, 그만하자.' 라고 말하는 애가 없어서 시선이 더욱 몰렸다. 누구 하나 '네가 뭔데.' 라고 태클 걸지 않아서 모든 시선이 쏠렸다. 무언의 날 선 신호들이 탁구공처럼 이리저리 튀겼다. 난 탁구대가 된 교실을 가로질러 네게로 성큼 다가섰다. 그날 날씨가 유독 좋아서 그랬을까, 뇌가 어떻게 돼버리기라도 한 것처럼 난 웬 마음에도 없는 말을 꺼냈다.

"나와 봐. 주소원 너."

" "

"..."

끼익.

어이없는 선전포고에도 넌 의외로 순순히 의자를 뒤로 빼 천천히 몸을 일으켰다. 교실은 쥐 죽은 듯 조용했다. 내가 진짜 미쳤나 보다. 난 머릿속으로 내 머리카락을 수십 번 쥐어뜯으며 다음 말을 생각해내려 했다. 연극하는 배우들의 연기를 보는 듯 수 쌍의 눈이 나와 널 관람했다. 일단 일어선 채로도 입 한번 뻥긋하지 않는 널 보고 있자니 순간 화가 치밀었다. 그래서 나는 그 길로 교실 문을 박차고 나왔다. 화가 났다. 분노가 치밀었다. 어떤 대응조차 하지 않는 네가 짜증 났다. 자꾸만 너한테서 왠지 모를 책임감을 느끼는 내가 짜증 났다. 넌 물속 사람, 반 애들은 뭍사람, 난 뭍에 있지만, 한번 젖어버린 사람. 굳이 말하자면 딱 잘라 이쪽저쪽으로 나눌 수 없는, 그런 애매모호한 경계에 서 있는. 그리고 그런 무인지대 같은 내 존재가 내가 널 완전히 무시할 수 없는 이유였고 내가 널 지나가는 말로라도 함부로 말할 수 없는 이유였다. 넌 존재만으로 내 마음 안쪽에 고이 접어둔 죄책감을 자극했다. 그리고 그런 넌 아직 내 뒤에 있었다. 뭍으로 끌려 나온 물고기가 뻐끔대듯 가빠진 숨소리가 들려왔다. 난 네게 숨 쉴 틈도 주지 않고 물었다.

"뭐냐. 너."

냅다 불러내 놓고서는 애써 멀리 데려가 하는 게 이딴 질문이라니. 잘 이해가지 않는다는 듯 바라보는 눈동자가 날 더 창피하게 만들었다. 할 말이 많았지만 또 그게 너무 많아서 말문이 막혔다. 난 입술을 짓이기다 다시 단념했다.

"됐다. 이제 와서 뭘 묻겠냐. 졸업도 얼마 안 남았는데."

"…"

"여기서 바람 좀 쐬다가 들어가라."

"..너는 왜 안 묻는데?"

"뭐?"

"해례교. 너도 내가 그거 다니는지 안 다니는지 궁금한 거 아냐?"

"뭐래"

"그럼 뭐, 내가 불쌍해 보였어?"

"뭔 개소리야. 자꾸."

예상외 반응이었다. 적당히 상황을 무마하려던 내 입이 네 말로 인해 막혔다. 불편한 상황에 긴장이 시작됐다. 난 떨리기 시작하는 것을 숨기려 일부러 말을 짧게 끊었다. 반면 넌 담담히 받아쳐 내는 내 대답에 더욱 흥분한 듯 고조되어 갔다. 안쓰러울 정도로 떨리는 어깨와 함께 네 코끝이 붉어져 갔다.

"왜? 1학년 때 같이 다녔었다고 막 괜히 아는 척하고 싶냐? 미안한데 난 네 도움 필요 없어. 그리고 나, 거기 부모님 따라서 들락날락거렸던 거지 실제로 믿지도 않아, 됐냐?"

"하."

쿵, 쿵, 쿵.

길길이 날뛰는 상대를 앞에 두고 빨라지는 심장박동에 눈앞이 까매지는 것 같았다. 믿지 않는다고? 지랄. 심사가 뒤틀린 난 일부러 한쪽 입꼬리를 올려 웃으며 널 더 자극했다.

"그럼 넌 믿지도 않는 것들에 왜 그렇게 목을 맸는데? 야. 미안한데 너 소문 다 났어. 너 모태신앙으로 시작해서 너희 교회에서 온갖 행사들에 빠지지도 않는 아주 독실한 신자였다고. 아니, 지금도 신자라고."

"…"

"진짜 개병신."

"뭐라고 했냐?"

"내가 니 같이 사이비 다니는 애들 처음 보는 것 같냐? 뭐 인터넷 보니까 니네 종교는 뭐 거짓말도 다 허용한다더니 진짜였네. 니네가 믿는 그 대단하신 분이 궁지에 몰리면 그렇게 안 믿는 척 꼬리 자르기 하라고 시키디?"

“입 닥쳐! 잘 알지도 못하는 주제에. 니가 뭘 알아? 너 그거, 모독이야.”

“모독? 무슨 모독. 그놈의 하나님 모독? 아니면 니네 그 대단하신, 이제는 돌아가신 교주님 모독? 내가 말하는데, 분명 후회하게 될 거야, 너. 사이비에 허비한 지난 니 인생이 불쌍해서가 아니라, 니가 끌어들여서 손수 망쳐댄 다른 인생들한테 미안해서.”

격양된 대화에 자꾸만 말이 엇나갔다. 이런 말을 하려던 건 아니었는데. 누군가에게 차마 하지 못했던 말을 내게 대신 풀어내기라도 하듯 한번 터진 입은 격한 저주를 멈추질 않았다. 언정도 배경지식이 있기에 더욱 예리하게 후벼파는 말들이 계속됐다.

“…너야말로. 죽고 나서 후회해도 소용없을 거야. 넌 분명히 오늘 일 때문에라도 불지옥에 떨어질 테니까.”

“풉.”

난 결국 웃고 말았다. 미안하다는 생각이 쏙 들어갈 만큼 순간 모든 상황이 우스워졌다. 네 말대로라면 인구의 9할 이상은 지옥에 보낸다는 신이 뭐가 그리 사랑스럽다고. 그럼 우리 엄마도 저 혼자 살겠다고 날 두고 혼자 교회에 나간 걸까? 맹목적 신임과 사랑을 쏟게 세뇌시키는 건 어디든 똑같다는 생각이 들었다.

"그래. 꼭 네 말대로 되길 내가 어디에든 기도해 볼게. 내 끝을 알려줘서 저엉말 고마워. 진심이야."

"…"

난 그 말을 끝으로 널 지나쳐 반으로 돌아갔다. 날카로운 대화에 순식간에 난자당한 마음이 아렸다. 네 입에서 나온 말과 내 입에서 나온 말이 잘 갈린 면도날처럼 예민하게 뇌에 박혔다. 역시 괜히 나섰다. 이해할 수 없는 종교인들이 자꾸만 내 삶을 침범했다. 그리고 그날, 넌 배가 아프다며 조퇴를 했다.

"사이비 이단교인 '해례교'를 창설한 OOO 교주의 죽음 이후로 국내 곳곳에 퍼진 여러 사이비 집단들을 다룬 다큐멘터리가 다시금 각종 OTT 플랫폼 국내 영상 순위 1위를 기록하며 많은 파장을 일으키고 있습니다."

"어휴"

삑-

툭.

격양된 아나운서의 목소리가 한순간에 멎었다. 별다른 내용 없이 보도되는 여러 방송사의 똑같은 기사들. 불편함을 지나 이젠 귀찮아질 참이었다. 그건 아빠도 마찬가지였나 보다.

"요즘 학교에서 별일은 없냐."

"네"

"…"

"왜요?"

"별일 없으면 됐다."

그리고 다시 정적. 말하고 싶은 마음과 하지 말라는 이성이 충돌하며 입술이 움짝 거렸다.

"사실"

"응"

"아니에요,"

"왜, 무슨 일 있어?"

"아니 그냥 좀. 친구랑 싸웠어요."

"싸우기도 하고 다투기도 하고 그러는 거지."

'그런데 그 애가 사실 사이비에 다니는 애예요. 그리고 그것 때문에 싸웠어요.'

차마 꺼내지 못한 뒷말이 턱 밑에 담겼다. 꾸역꾸역 눌러놓은 말 때문일까 턱 밑이 당기며 아려왔다.

"네 엄마는 오늘 늦는단다."

"네."

"뭔 놈의 일을 9시 넘어서까지 하는 건지..."

"..그러게요."

"다 먹었냐."

"아니요. 제가 치우고 들어갈게요."

"그래라."

내 유년시절이 지나는 동안 아빠는 공부하던 시험에 최종 합격에 공무원이 됐다. 엄마는 표면적으로는 사이비를 나왔다. 그 이후, 빨리 감기를 한 듯 우리의 가정은 순식간에 평화로워졌다. 그 누구도 종교라는 단어를 입에서 감히 꺼내지 않았다. 그렇기에 엄마가 주에 몇 번씩 늦는 이유가 그때 그 종교의 오후 예배 때문이라는 것을 모르는 아빠에게, 애초에 내가 그 이후로도 엄마의 손에 이끌려 그 교회에 꾸준히 나갔었다는 것조차 모르는 우리 아빠에게 내가 털어놓고 말할 수 있는 것은 없었다. 침묵이라는 스카치테이프로 겨우 다시 이어 붙여놓은 내 가족. 과거를 잊고 새롭게 시작한 우리 가족. 그래서 나는 입을 닫았다. 그래, 그래서 지금은 모두가 행복하지 않은가. 나는 늘 그래왔던 것처럼 애써 눈을 감았다.

"이 세상에 있는 모든 교회 중에 90%는 다 사이비고 자기들 잇속만 채우려고 하는 거야. 어?! 아니 아주 95%가 다 그럴 것이다."
뭣도 모를 시기에 친구를 따라 교회에 가는 것을 허락받으려 했을 때, 침까지 튀겨가며 화를 내던 아빠의 모습이 반복되길 원치 않았다.

CHAPTER 03

해려님의 은혜

해려님의 은혜

◇◇◇

“야. 너네 언니는 다 어른들이랑 같이 예배드리는데 너는 왜 여기에서 들어?”

“몰라. 언니는 순수한 증인이라 어른 예배도 잘 듣는대”

“그럼 너는?”

“나는 뭐”

“너는 뭐 없어?”

해은은 기억도 나지 않는 순간부터 가족들과 함께 교회에 나갔다. 해례님의 은혜라는 뜻으로 이름을 지은만큼 부모는 해은 또한 소원처럼 순한 아이를 원했다. 그러나 해은은 종교에 별다른 관심이 없었다. 기초 말씀이란 것도, 교리라는 것도, 성경이라는 것도, 해은에게는 다 허황된 이야기일 뿐이었다. 관심이 없으니 집중이 될 리가 만무했다. 아이들의 부모는 소원과 달리 예배 시간에 영 집중하지 못하는 해은을 귀찮아하는 것만 같았다. 그래서 어린 해은은 또래들과 같은 어린이 예배실에서, 해은의 언니인 소원과 부모님은 일반 예배실에서 예배를 드렸다. 해은의 가족은 교회에서 유명 인사였다. 조금 더 정확히 말하자면 소원과 부모님이 그랬다. 첫째 딸을 순수한 증인으로 둔 신실한 가정. 해은은 저 혼자만 떨어져 어린이 예배실에 있노라면 혼자 뒤처진 것만 같았다. 그녀의 이름은 태어났을 때부터 그녀의 것이 아니었다. 단상 위에서 흰 장갑을 낀 손이 아기의 이마에 얹혔고,

"이 아이는 축복이다."

박수 소리 속에서 이미 정해진 이름이었다.

해은은 그날을 기억하지 못하지만, 언니는 기억하고 있었다.

"넌 특별한 애야."

언니는 늘 그렇게 말했다. 그 말은 축복이 아니라 족쇄였다.

'짜증나...'

해은은 소원의 존재가 미웠다. 여느 가정의 딸이나

누군가의 자매가 아닌 순수한 증인의 동생. 결코 언니가 미운 것은 아니었지만 부모님과 주변 사람들의 모든 총애와 사랑을 받는 언니가 질투 나지 않는다하면 거짓말이었다. '쟤는 아직 철이 없어'라는 말 한마디로 언제나 언니보다 못한 아이가 되는 해은은 그런 취급이 서운했다. 여느 때와 같은 질문에 대충 대꾸한 해은은 한숨을 폭 내쉬었다.

"하..."

"뭐야. 한숨이나 쉬구"

"말 걸지 마"

"칫. 됐고 나 여기 밑에 친구 왔다는데 같이 놀래?"

"친구? 여기 다니는 애 말고 다른 친구?"

"엉. 걔는 성당 다니는데 오늘 빨리 끝났대."

"엄마가 다른 교회 다니는 애랑 놀지 말랬는데..."

"야, 성당 다니면 같은 하나님 믿는 거지 뭐. 아님 30분 만이라도 놀다 몰래 다시 오면 되지."

"아..."

"야 가자가자. 걔가 성당에서 만든 비즈 팔찌 줬단 말야."

“으음, 그래”

　어린이 예배는 일반 예배보다 항상 한 시간 가량 일찍 끝났다. 아이들은 보통 남는 시간 동안 간식을 먹거나 교회 안에서 놀며 시간을 보냈다. 안전상의 이유로 아이들끼리 교회 밖으로 나가 노는 것을 금지했지만 해은의 동갑내기는 곧잘 어른들의 눈을 피해 야금야금 밖에 나갔다 들어왔다. 석연찮게 대답한 해은의 손을 붙들고 동갑내기는 노련히 화장실에 다녀온다는 핑계로 방을 빠져나왔다.

“야 나오니까 별거 아니지?”

“응”

“좋아할 거면서 안 나온다 하기는~ 아, 저기 있다. 야!”

“아 왜 이렇게 늦게 와~”

“미안~ 애 데리고 나오느라. 둘이 인사해”

“오, 안녕”

“안녕”

　별거 아닌 일에도 셋은 깔깔거리며 웃었다. 해은은 태어나 처음으로 해본 일종의 일탈이 더욱 신선했다. 해은은 그날 성당에 다닌다는 친구에게서 파란 비즈 팔찌를 받았다. 차마 손목에 차지 못하고 바지춤에 담아놓은 비즈 팔찌의 여운은 어린아이의 마음에 진하게 남았다.

"있잖아. 우리 교회에서는 착하게 살아도 하나님 안 믿으면 지옥 간대."

"엥? 야아 그런 게 어딨어! 우리 성당에서는 착하게 산 사람은 천국 보내준댔는데?"

"정말?"

"어엉. 그 뭐지. 천국으로 가는 계단 같은 게 있는데, 죽은 사람을 위해서 우리가 기도를 해주면 그 사람이 그 천국으로 가는 계단이 있잖아. 그 칸을 한 칸씩 오를 수 있대."

"진짜? 근데 그럼 엄청 오래 걸리는 거 아냐?"

"음...사실 나도 정확히는 잘 몰라. 근데 착하게 살았으면 천국 가는 게 맞지. 안 믿었다고 지옥가는 건 좀 바보같애."

"크크큭"

"뭐야 너 왜 웃어!"

"하나님 보고 바보래. 크크. 너 하나님 욕하면 어떡해"

"아잇, 뭔 소리야. 아니야~ 욕 안 했어~"

이후 해은은 동갑내기가 없어도 곧잘 성당 친구를 만나 놀았다. 시간을 정해놓고 만나는 것은 아니었고 보통 해은이 예배가 끝나고 몰래 밖으로 나가 있으면 타이밍이 맞는 날에 같이 만나 놀았다. 성당에 다닌다는 친구의 말을 들어보면 결국 다 같은 하나님이건만 어디서 하나님을 배우고 사랑하느냐에 따라 천국의 입성 조건이 천차만별이었다. 해은은 슬슬 궁금해졌다. 천국에 들어가는 진짜 방법은 무엇인지. 진정으로 하나님이 사람들에게 바라는 것이 무엇인지. 내가 믿는 하나님이란 대체 무엇인지.

"해은이 너, 요즘 예배 끝나면 어딜 그렇게 다니는 거야?"

반복된 일탈은 어른들의 관심을 끌었고 이 사실은 곧 보호자에게 알려졌다. 해은의 엄마는 집으로 돌아가는 차 안에서 해은을 추궁했다.

"교회 밖에서 놀고 그러면 위험하다고 했잖아. 안 그래? 심심해서 그러는 거면 앞으로 우리랑 같이 일반 예배 듣자"

"으응, 싫어요."

"해은이 너..! 어휴, 너 한 번만 더 밖에서 논다는 소리 들려오면 엄마랑 아빠 옆에서 예배 듣게 할 거야. 그런 줄 알아. 너네 언니 반만이라도 좀 닮아봐라~ 어?"

"흥"

'그놈의 언니. 언니.'

해은은 더 이상 부모의 관심을 얻기 위해 교회에 묵묵히 나가는 것이 지겨워졌다.

'믿는 자는 천국으로, 믿지 않는 자는 지옥으로.'

어린 치기였을까. 지옥으로 보낸다는 이 말이 어린 해은은 더 이상 무섭지 않았다. 해은은 교회에 나가지 않겠다고 떼를 썼다. 다행히 말을 잘 듣는 소원이 있어서였을까. 부모는 해은을 금방 포기했다. 해은은 일요일 아침마다 교회를 두고 부모와 치르는 싸움이 지겨웠지만 차라리 집에 있는 것이 나았다. 어린아이를 혼자 집에 둔 채 몇 시간가량 집을 떠나 있는 것이 부모의 마음을 편하게 한 것은 아니었지만 이것은 반복되며 곧 일상이 되었다.

‘해례교’

해은은 또래 친구들이라면 초등학생 때부터 가지고 다니는 핸드폰을 중학생이 되어서야 받게 되었다. 해은이 해례교라는 종교에 대해 인지한 것 또한 그즈음이었다. 인터넷에서 검색해 본 해례교는 기독교 계열 사이비 종교로 정의된 지 오래였다. 그러나 그 무렵에도 부모는 여전히 소원에게 사활을 걸었고 주말이면 해은은 제외한 셋이서 함께 예배를 드리고 밥을 먹고 들어왔다. 남들 다 하는 SNS를 그때부터 시작하며 해은은 어렸을 적 함께 만나 놀았던 성당 친구와도 다시 연락이 닿았다.

“요즘 어디 자주 나가네? 친구 만나?”

“네. 친구 좀 만나고 올게요.”

“친구 누구?”

“그냥 학교 친구요.”

“옛날에 교회 밑에서 만나 놀던 친구?”

“엄마가 개를 어떻게 아세요?”

“후후, 우리 딸 일인데 당연히 알지 그럼. 너무 늦지 않게 들어와"

　세상의 유혹을 멀리해야 한다는 이유로 핸드폰도 TV도 항상 통제해 왔던 부모 때문이었을까. 해은은 중학생이 된 이후로부터 또래들과의 대화가 어려웠다. 그런 만큼 해은에게 있어서 SNS를 통해 다시 이어진 옛 친구라는 연은 반가움을 넘어 성취감까지 불러왔다. 부모의 영향이 닿지 않는 곳에서 알게 된 나의 친구. 가족 모두가 교회의 네트워크를 통해 정보를 전달해 줄 수 없는 종교 밖의 사람. 그 친구와 같은 고등학교, 같은 대학교를 가게 되는 상상을 하며 해은은 속으로 기뻐했다. 그리고 엄마는 그런 들뜬 해은에게 오만 원짜리 지폐를 쥐여주며 배웅해 줬다.

　SNS로 다시 연락이 닿은 이후, 해은은 그 애와 거의 매일 메시지를 주고받았다. 학교에서 있었던 일, 엄마가 했던 말, 언니 이야기까지. 유일하게 교회 애기를 할 수 있는 사람이었다. 이따금씩은 그 애의 집으로 가 시험공부를 하기도 했다. 집에서는 TV도, 음악도 틀 수 없었다.

"세상의 것으로 인해 마음이 흐트러진다"는 이유였다. 해은은 그 애의 집으로 종종 문제집을 들고 갔다.

"우리 집에서 해. 우리 엄마가 밤에 치킨 시켜줄 테니까 그거 먹으면서 공부하래."

정작 그날 해은은 문제를 반도 풀지 못했다. 대신 치킨을 먹으며 그 애의 가족이 웃는 걸 구경했다. 아빠가 농담을 하고, 엄마가 핀잔을 주고, 그 애가 소파에 누워 발을 까딱였다. 그 장면을 보며 해은은 생각했다.

'아, 이런 집도 있구나.'

집이 종교가 아닌 곳. 그날 집에 돌아와서 해은은 처음으로 울지 않고 잠들었다.

'나 있잖아, 오늘도 엄마가 언니 얘기했어.'

'또? 왜 맨날 비교해.'

'몰라. 그냥… 나도 좀 잘해보라는 거지 뭐.'

'너 잘하고 있어. 너는 너야.'

그 문장을 캡처해서 한참 들여다본 적도 있었다.

너는 너야.

그 말은, 해은에게 처음 듣는 말이었다.

"미안해 해은아. 사실 나 해례교야."

"어?"

'삐-' 해은의 귀로 이명이 들려왔다. 새로 연이 닿은 이후로 2년가량을 친하게 지내왔던 친구의 고백이었다.

"그래도 이것만은 알아줬으면 좋겠어. 처음에 너네 언니랑 어머니 부탁받고 접근한 건 맞는데 너랑 계속 이야기하고 지내면서 해은이 너한테 진짜 항상 진심이었고 즐거웠어. 진짜야. 지금 이렇게 말하는 것도 이젠 너한테 솔직해지고 싶어서,"

"너 성당 다니던 거 아니었어? 언제부터야 대체..?"

"...어렸을 때 혼자 성당 다녔던 것도 맞고, 성당 다닐 때 해은이 너 알게 된 것도 맞아. 다 맞는데, 너 언젠가부터 그 교회 안 나가기 시작하고부터 거기서 몇 번 너 기다렸었어."

"..."

"그러다가 너네 교회 분들이랑 가족분들도 뵙게 됐

고 거기 말씀도 듣고 하면서 계속 다니게 됐어.”

“그게 무슨...”

해은의 심장이 천천히 내려앉았다. 그 애가 자신을 붙잡아준다고 믿었던 순간들. 사실은 자신을 다시 그 세계로 끌어당기기 위한 기다림이었을지도 모른다는 생각.

“그, 비록 처음 의도가 그런 거였어도 나는 해은이 너 만나는 거 진짜 좋았어. 계속 만나고 놀면서 진짜 친구 같았고, 어 그래서 많이 늦은 것 같지만 지금이라도 말하는 거야. 미안해 해은아. 그래도 나는 해은이 너랑 계속 지금처럼 잘 지내고 싶어”

“ ”
...

“나 때문에 많이 화났지... 미안해”

“아니. 화 안 났어. 내가 너한테 왜 화가 나.”

입 밖으로 나온 말은 너무 매끈했다. 마치 오래 준비해 둔 대사처럼. 해은은 잠시 시선을 떨궜다. 테이블 위에 놓인 컵 받침이 눈에 들어왔다. 동그란 자국이 겹겹이 남아 있었다. 지워지지 않은 흔적. 그 애는 아직 무언가 더 말하고 있었다.

"우리 엄마 아빠는 내가 거기 다니는 거 몰라. 너네 부모님이 하도 잘 챙겨주시고, 교회 사람들도 좋고 말씀도 좋아 나 다니는 거야."

잘 챙겨주시고.

해은의 숨이 얕아졌다. 자기 부모가 누군가의 부모에게 "좋은 사람"으로 보였다는 사실이 이상하게 끔찍했다. 자기는 겨우 빠져나왔다고 생각했는데. 그 세계가 다른 집 식탁 위에 다시 놓여 있었다.

"그러니까 우리 너네 가족들이랑 다 같이 해서 교회도 다녀보고—"

그만.

목 안쪽이 서늘해졌다. 저 말이 이어지면 또 한 집이 교회와 얽힐지도 모른다. 또 한 아이가 부모 몰래 거짓말을 시작할지도 모른다. 그 시작이 자기일지도 모른다는 생각. 해은은 갑자기 깨달았다. 처음에 접근한 건 언니와 엄마 부탁이었다고 했다. 그럼 결국, 이 애가 거기까지 들어간 데에는 자기 집이 있었고, 자기 이름이 있었고, 자기가 있었다는 뜻 아닌가. 나는 빠져나왔다고 생각했는데. 나는 여전히 누군가를 안으로 끌어당기는 쪽이었구나. 심장이 느리게, 그러나 깊게 내려앉았다.

"해은아, 나 계속 만나 줄 거지?"

그 애의 눈은 아무것도 모르는 얼굴이었다. 자신이 어디로 향하는지도 모른 채 그저 친구를 붙잡고 있는 얼굴. 해은은 그 얼굴을 오래 보지 못했다. 아무 일도 모른 채 저녁을 먹고 있을 그 애의 부모. 해은은 처음으로, 분노 대신 두려움을 느꼈다. 내가 또 시작이 되면 어떡하지.

"아니. 화 안 났어."

다시 한번 말했다. 그 말은 친구를 안심시키기 위한 말이 아니라 자기 자신을 멈추기 위한 말 같았다. 지금 여기서 화를 내면 진실을 말하면 관계를 끊으면 그 애는 더 깊이 그쪽으로 갈지도 모른다. 그래서 해은은 웃었다. 자기 하나쯤 불편하면 된다고 생각했다. 그게 제일 덜 망가지는 방법 같아서.

'그럼 그렇지.'

헛웃음이 났다. 위선으로 점철된 말이 해은의 가슴을 더욱더 후벼팠다.

‘차라리 사과라도 하지 말지. 아니, 내가 차라리 그때 애랑 교회 아래서 놀지만 않았어도...’

역겨움과 죄책감이 목구멍 끝까지 차올랐다. 애써 끌어올린 쓴웃음이 입꼬리에 어색하게 걸렸다.

“화난 것 같은데...”

“사실 어느 정도 예상하기도 했었고.”

“...미안해”

“미안한데 나 오늘 다른 일정이 있어서. 나 먼저 갈게.”

“나, 계속 만나 줄 거지, 해은아?”

계속.

해은은 알았다. 자기가 이 질문에 약하다는 걸. 그애가 없으면 다시 혼자가 된다는 걸.

“...어”

‘어는 개뿔.’

마음에도 없는 대답을 한 해은은 천천히 물건을 정리하고 자리에서 일어났다. 속없이 웃어대는 친구에게 차리는 마지막 예의였다. 집으로 걸어오는 길이 이상하리만치 평온했다. 배신감에 치가 떨려야 하건만 화도 눈물도 나지 않았다. 마치 가슴에 구멍이 뚫린 것처럼. 마음을 나누며 보냈던 시간만큼, 딱 그만큼 가슴이 도려내진 듯 배신감을 제외하곤 아무런 감정도 들지 않았다.

'그래, 나 같은 사람한테 무슨 좋은 사람이 붙겠어.'

집으로 돌아오는 길. 가로등 불빛이 하나씩 켜졌다. 해은은 휴대폰을 꺼내 그 애와 나눈 대화를 스크롤했다.

너는 너야.

무시해.

우리 집 와.

모든 문장이 갑자기 의미를 잃었다. 그 문장들 뒤에 '전도'라는 목적이 붙는 순간 기억이 오염되는 느낌이었다. 집에 도착한 해은은 방으로 들어갔다. 방문 닫힌 방이 진공상태처럼 느껴졌다. 해은은 가만히 생각했다.

나는 교회를 나왔는데.

왜 교회는 나를 놓지 않는 걸까.

그 애가 종교였고, 그 애가 바깥이었고, 그 애가 도피처였는데.

그게 다 같은 세계라면 나는 어디에 서 있어야 하지? 교회를 나가지 않아도 교회의 그늘에서 벗어날 수가 없었다. 씻지도 않고 이불 속으로 들어간 해은은 웅크려 누웠다. 이불 속에서도 두 팔로 자신을 꼭 끌어안은 채 잠에 든 해은은 저녁때에서야 밥 먹으라는 소리에 눈을 떴다. 잠깐 눈을 감았다 뜬 새에 방에 어둠이 내려앉았다. 꿈조차 꾸지 않는 담백한 삶이 이렇게 외로운 건 줄 몰랐다. 제 이름마저 더 이상 사랑할 수 없게 된 인생이 이렇게 공허한 건 줄 몰랐다. 그래, 치가 떨릴 정도로 느꼈던 감정은 배신감이 아니라 외로움이었다.

"너 지금 사탄 들려서 그런 소리 하는 거야. 세상에 하나님! 이 사탄마귀새끼 당장 내 딸 몸에서 안 빠져 나와?!"

"해은아 제발, 언니랑 같이 딱 한 번만 교회 나가보면 안 돼? 어? 너 어렸을 때 같이 나갔었잖아. 제발."

아빠가 약속이 있어 집을 비운 어느 주말이었다. 소원의 엄마이자 해은의 엄마는 어느 날 낮잠을 자고 일어나더니 졸도할 듯이 오열했다. 해은이 사탄에게 머리채가 잡혀 지옥으로 질질 끌려가는 꿈을 꿨다는 이유였다. 소원도 엄마와 합세해 해은에게 교회에 나갈 것을 설득했다. 엉킨 두 모녀의 얼굴이 창백하고 간절했다. 어느 순간부터 이 집안에서 사탄마귀는 내가 된 것만 같았다. 해은은 그 모습을 보고 도망쳤다. 두려웠다. 친한 친구의 고백으로 인해 생긴 가슴 속 구멍으로 혹시나 하는 의구심과 불안, 두려움이 들어찼다. 진짜 엄마랑 언니가 믿는 종교가 진짜면? 세상 모든 다른 교회들이 다 가짜인 거면? 그곳이 진짜 진

리인 거면? 혼란스러웠다. 그러나 그런 해은의 혼란
과 방황이 무색하게도 엄마와 언니는 금세 안정을 찾
았다. 언제 울고 발악했는지 모를 만큼 엄마는 해은
을 평소처럼 대했다. 해은이 엄마와 소원을 두고 도망
친 그 날 이후 강요도, 권유도 없었다. 포기인 건지 농
락인 건지 알 길이 없었다. 들어찼던 의구심과 불안이
연소되고 다시 해은의 가슴에 큰 구멍만이 남았다.
 '엄마는 제가 사탄으로 보여요? 전, 엄마가 그냥 엄
마로 보여요'
 차마 그날 꺼내지 못한 말이 입안에서 짓이겨졌다.
나는 벗어나지 못할 것이다.

 "해은아, 너 전학 갈래?"
 식기가 부딪치는 거리는 소리를 깨고 엄마가 물었
다. 말을 꺼내는 엄마는 불편해 보였다. 해은은 젓가
락질을 멈추고 한동안 엄마를 쳐다보다가 입을 열
었다.
 "왜요?"
 "아니야. 그냥 거기가 그리 학군이 막 좋은 곳도 아

니고..."

엄마는 숨을 내뱉더니 이윽고 어색한 웃음을 지으며 말을 흐렸다.

"언니도 다니고 있는 학교니까 언니가 저 많이 도와줄 거라고 같이 잘 다녀보라고 하셨잖아요."

"..."

"저 갈게요. 다녀오겠습니다."

해은은 젓가락을 내려놓고 가방을 챙겼다. 조심히 다녀오라는 엄마의 말이 현관문 너머로 끊겼다. 엘리베이터를 누른 채 기다리고 있자, 엄마가 슬리퍼를 끌고 급하게 뛰쳐나왔다.

"조심히 다녀 와. 우리 딸"

엄마는 해은의 손에 오만 원 지폐를 한 장 쥐여주며 어깨를 끌어안았다.

"네. 이제 저 가야 돼요"

해은이 겨우 입꼬리를 올려 대답하자 그제서야 엄마도 어색하게나마 입꼬리를 올렸다. 엘리베이터의 문이 스스로 닫힐 때까지 엄마는 조용히 해은을 보고만 있었다. 문이 완전히 닫히고 층수가 바뀔 때까지

도어락 소리는 들리지 않았다.

'엄마는 아무래도 불안한가보다.'

해은은 문이 닫히고 곧장 이어폰을 껴 뉴스를 틀었다.

"사이비 이단교인 '해례교'를 창설한 OOO 교주를 비롯해 국내 곳곳에 퍼진 여러 사이비 집단들을 다룬 다큐멘터리가 각종 OTT 플랫폼 국내 영상 순위 1위를 기록하며 많은 파장을 일으키고 있습니다. 이번 다큐멘터리를 통해 꼭 전하고 싶은 말씀이 있으시다고요 교수님"

여전히 뜨거운 감자인 '그 단체'에 대한 취재진의 인터뷰 영상이었다. 해은은 다큐멘터리가 공개되고 큰 파장을 일으킬 때까지 그다지 큰 감흥을 느끼지 못했다. 오히려 억울하고 무력해졌다. 유명 종교가 아니라는 이유로 인터넷에 검색해도 찾을 수 없었던 진실들이. 물을 곳도 없어 혼자 방황했던 지난 자신의 과거가 갑작스레 단순한 일이 된 것만 같았다. 다큐멘터리가 공개된 날을 기점으로 인터넷엔 검색해도 찾을 수 없었던 수많은 사람들의 탈퇴 간증과 폭로로 가득 찼다. 세간의 관심이 부담스러워졌다. 인터넷을 가득 메운 해례교의 사진 속에 가족의 얼굴이 혹여 나오진 않을까 불안해졌다. 집 안의 주체가 바뀐 듯 구는 부모의 모습이 역겨웠다. 집안의 문제아 취급을 받던 나는 한순간에 부모의 푸념을 들어주는 상담사가 되어버렸다. 평생을 난도질당했던 마음이 채 아물지도 않았건만 자꾸만 누군가 기대어왔다. 스스로가 가여웠다. 난 겨우 아직 고등학생일 뿐인데. 모든 상황이 버거웠다. 차라리 대놓고 미워할 수 있기라도 했으면, 차라리 아예 정을 다 떼버릴 수 있을 정도로 스스로가 강단이라도 있었으면 좋았을걸. 차라리, 이런 집안에서 태어나지 않았으면 좋았을걸. 갑자기 쓰임새가 주어진 인형처럼 재평가된 골동품처럼 필요에 의해 쓰이는 스스로의 존재가 처량했다. 열심히 뻐끔거려도 내 말은 당신에게 닿지 않는다. 물속과 밖의 경계에서 목소리는 넓게도 분해된다.

그러던 어느 날이었다. 순전히 우연이었다. 아랫배와 허리의 불편한 통증에 진통제를 받으러 보건실에 잠깐 들렀다가 다시 수업 중인 교실로 돌아가는 길이었다. 그 순간 익숙한 얼굴을 한 누군가가 어딘가로 향하고 있었고 순간 이끌렸을 뿐이다.

"내가 니 같이 사이비 다니는 애들 처음 보는 것 같냐? 니네 종교는 뭐 거짓말도 다 허용한다더니 진짜였네. 니네가 믿는 그 대단하신 분이 궁지에 몰리면 그렇게 안 믿는 척 꼬리 자르기 하라고 시키디?"

"사이비에 허비한 니 지난 인생이 불쌍해서가 아니라, 니가 끌어들여서 손수 망쳐댄 다른 인생들한테 미안해서."

적당히 듣다 떠나려던 걸음이 마지막 말과 함께 바닥에 뿌리내린 듯 박혔다. 동아리에서 몇 번 마주친 적 있던 선배였다. 묘한 카타르시스가 느껴졌다. 마음속으로 수천 번을 완성했지만 실제로는 읊조리지 못했던 말들이 정확한 대상에게 정확히 꽂혀 들어갔다. 평생을 혼자 변호하던 내게도 드디어 같은 편이 생긴 것 같았다.

'박유나....'

해은은 속으로 유나의 이름을 되뇌었다.

"있잖아요, 선배. 선배는 종교 믿는 사람 어떠세요?"

언젠가 동아리 공실을 정리하던 해은이 유나에게 은근히 물었다. 쿵. 종교라는 단어에 순간 유나의 심장이 덜컥 내려앉았다. 그닥 친하지도 않은 동아리 후배, 그가 꺼내는 느닷없는 종교 이야기. 불쾌한 의심이 유나의 마음속에서 예민하게 피어올랐다.

"무슨 말이야?"

유나는 일부러 해은이 있는 쪽은 쳐다보지도 않은 채 물었다. 해은을 등진 유나의 한쪽 눈썹이 오묘하게 일그러졌다. 묘하게 신경질적으로 변한 손놀림이 평소라면 만들지 않았을 소음을 만들었다.

"그냥, 말 그대로요. 저희 학교에 알고 보니 사이비 다니는 사람이 엄청 많더라고요. 선배도 아시다시피 지금 저희 학교에서 사이비 사건 엄청 크게 터졌잖아요. 그래서 엄청 시끌벅적하고요."

"응, 그래서?"

"...전 싫어요."

"......"

단호한 해은의 말에 바삐 움직이던 유나의 손이 멈

쳤다. 예상을 정확히 빗나간 대답에 유나의 가슴 속이 뜨뜻하게 물들었다. 그 짧은 말이 뭐라고 속고 속이는 판에서 아군이라도 만난 듯 크게 안심이 됐다. 유나가 그제야 몸을 돌려 해은을 봤다.

"싫은 걸 넘어서 혐오해요. 특히 사이비 다니는 것들. 그래서 실은 그냥 일반 교회도 별로 안 좋아해요."

해은은 의견을 선점하듯 자신의 생각을 빠르고 직설적으로 내보였다. 유나 또한 그 생각에 큰 이변은 없었지만 괜스레 의문을 품고 싶게 할 정도로 해은은 극명했다. 그러나 유나는 그때 그 주제가 전혀 달갑지 않았다. 단순한 두 음절만으로도 혐오감을 불러일으키는 단어에 떨려오기 시작하는 몸을 숨기려 유나는 몸을 책상에 기댔다. 긴장한 것처럼 보이지 않기 위해 과하게 편한 척하는 것은 오래전부터 해오던 습관이었다.

"아무래도 그렇지. 정상적인 사람이라면 그 누구라도 그럴 거고."

유나는 일부러 관심 없는 척 에둘러 대답했다. 해은의 묘하게 격양되어 솟아있던 어깨가 다시 제자리를

찾았다. 그리고 해은의 입이 다시 열리기 전에 유나는
재빨리 말을 이어 나갔다.

"됐고, 그나저나"

반갑지 않은 주제를 돌리기 아주 적절한 첫 마디였
다. 잠깐의 정적 속에서 해은의 서운함이 표정에 묻어
나왔다. 아마 대화 주제를 바꾸려 한다는 걸 느낀 것
이 분명했다. 아무런 반응 없는 해은의 모습이 오히려
유나의 양심을 더 찔러왔다. 애써 텐션을 올려 분위기
를 전환할만한 첫 음절을 꺼내봤지만 빈 공백이 생겨
버린 대화가 역시나 켕겼다.

"그나저나 어…"

그나, 저나. 그나저나… 유나는 말끝을 흐리며 같은
말을 반복했다. 스스로도 바보 같다는 생각을 했지만
결코 달갑지 않은 주제를 끌어다가 그리 친하지도 않
은 후배와 대화를 하고 싶진 않았다. 그러나 유나는
방금 말을 돌릴 타이밍을 놓쳤다. 그것도 아주 대차
게. 염병. 유나는 속으로 읊조리며 그제야 몸을 제대
로 지탱해 일어섰다.

"하… 그래. 어떤 말이 하고 싶은 건데?"

“선배는 주변 사람이 사이비면 어떻게 하실 거예요?”

역시나 달갑지 않은 주제였다. 올곧게 닿아오는 시선에 유나는 어딘가로 숨고 싶어졌다. 크게 숨기려 닦달하진 않았지만 굳이 내보이지도 않았던 개인사를 들키는 것 같았다. 주변에서 일어나고 있는 상황들이, 해은이 꺼낸 대화의 주제가 자꾸만 자신을 좁혀오는 올가미처럼 느껴졌다. 그러나 지금은 유나가 답을 해야 할 순서였다.

“손절 쳐야지. 그거 못 꺼내.”

“그 주변인이 가족이면요?”

“그럼 더더욱”

“……”

“못 꺼낸다니까”

나한테 답을 구하지 마. 건조하게 말한 유나의 눈썹이 신경질적으로 일그러졌다. 해은은 무슨 생각을 하는지 모를 표정으로 멍하니 시선을 떨궜다. 유나는 괜히 해은에게 화풀이를 한 것 같아 미안해졌다.

“그러면요. 하나만 더 물어도 돼요?”

해은이 생각을 마친 듯 물었다. 유나는 말해보라는

듯 눈을 짧게 깜빡였다.

"선배도 주변에 사이비 다니는 사람 있었어요? 아까 못 꺼내니까 아예 포기하라고 했잖아요."

"어."

"누구요?"

"..있었어. 그런 사람."

"어떻게 됐는지 물어봐도 돼요?"

"별거 없어. 그냥 그게 끝이야."

유나의 대답은 간결하고도 직설적이었다. 원하는 바가 뚜렷한 질문과 대놓고 선을 긋는 대답이 둘 사이에 선을 그었다. 입을 굳게 다문 유나의 표정 너머로 긴장감이 내비쳤다. 그 순간 유나의 시야로 왼쪽 가슴팍의 명찰이 들어왔다. 해은. 그중에서도 주해은. 이윽고 유나는 해은의 의도가 파악됐다.

"동생이구나. 해은이 네가."

"   "
......

짧게 숨을 들이킨 해은이 긍정도 부정도 하지 않은 채 유나를 응시했다. 별다른 언급 없이도 둘이 떠올리는 사람은 같았다. 대화의 주제가 완벽히 전환됐다.

"나한테 무슨 말이 하고 싶은 거야"

"……"

"하고 싶은 말 따로 있잖아. 너."

"저는요. 선배가 우리 언니랑 친하게 안 지내셨으면 좋겠어요."

해은이 우물거리다 꺼낸 첫마디는 가히 충격적이었다.

'난데없는 선 긋기라니. 뭐지 얜. 내가 주소원이랑 지낸 건 어떻게 알고? 자기 언니 사이비니까 괜히 옆에 가지 말라는 건가. 아니면 아무리 사이비여도 자기 가족은 자기가 욕하겠다는 건가.'

유나는 해은이 말하고자 하는 바를 당최 종잡을 수가 없었다. 해은의 입에서 나올만한 여러 가지 대답들을 상상하는 유나의 입이 뚱하게 모였다.

"무슨 의미야?"

"사이비나 믿는 주제에 같잖은 선민사상이나 가졌던 만큼 평생을 외롭고 지독하게 살다가 죽어버렸으면 좋겠어요. 평생 그런 영양가 없는 짓만 하다가 죽는 그 순간에 다다라서야 사실은 다 허상이었던 걸

직접 지 눈으로 마주하고 바닥을 치면서 후회했으면 좋겠어요."

"어?"

'잠깐. 이거 들어도 되는 건가.'

예상치 못한 해은의 엄청난 고백에 유나는 당황했다. 애는 무슨 이런 말을 얼마 보지도 않은 학교 선배한테 하지, 라는 생각과 오죽했으면 자신한테 갑자기 털어놓을까, 라는 생각이 머릿속에서 팽팽히 대립했다. 그리고 한순간에 엄청난 딜레마에 빠진 유나를 둔 채로 해은은 폭주하기 시작했다.

"그래도 친언니인데 어떻게 그런 생각을 하냐고요? 저는 회유도 무시도 다 해봤으니까요. 멍청한 건, 죄예요. 그런 거에 잘못 빠져서 믿고 인생 낭비하는 게 불쌍하다고요? 누가 누굴 불쌍하게 보는지 그것들 생각 한 번이라도 엿들어봤으면 함부로 그런 감정도 안 들걸요. 역겨운 찌끄래기들이에요. 그거"

순식간에 말을 와다다 쏟아낸 해은의 어깨가 심하게 떨렸다. 말을 하는 중간중간 자꾸 혼자 넘어가는 침 때문에 말문이 몇 번 막혔다. 그럼에도 말을 기어이 끝마친 해은은 심장이 곧 터질 것만 같았다. 그 누구에게도 털어내 본 적 없는 말을. 속으로만 수십 번 눌러 담으며 더욱 견고해졌던 자신의 생각들을. 일순간 정적이 이어졌다.

“넌, 왜 나한테 그런 얘기를 해?”

“…….”

“…….”

“봤거든요. 선배랑 저희 언니랑 싸우는 거요. 그, 어쩌다가 우연히 보게 된 거예요.”

해은이 말을 흐리다 문득 고개를 치켜들며 변명했다. 해은이 고개를 드는 순간 정통으로 눈이 마주친 둘은 어색하게 눈동자를 굴렸다.

“어, 아. 그러니.”

유나가 어색하게 고개를 돌렸다. 괜히 수치심이 몰려왔다. 감정을 주체하지 못하고 망나니처럼 떠들었던 그때 그 순간이 배로 후회됐다. 이상하리만치 완벽했던 기온의 그날이었다.

“여보세요?”

“네 언니”

유나의 핸드폰 너머로 익숙한 음성이 들려왔다.

“생각해 봤어. 오늘 네가 한 말. 도와달라 했잖아. 니네 언니.”

“....네”

“도와주고 자시고 하기 전에 뭐 하나만 물어보자.”

“네”

“왜 나야? 하고도 많은 사람들 중에 왜 굳이 나냐고”

전화기 너머로 정적이 이어졌다. 어떻게 하면 자신의 마음을 왜곡 없이 전달할 수 있을까 고민하는 시간들이 차근차근 쌓여갔다.

“옛날에, 제가 언니한테 동아리실에서 했던 말 기억나요?

“......”

“처음이었어요. 누군가한테 그렇게 말해본 거. 그리고 죄송하지만 언니 같은 사람이라면 기대고 싶었어요.”

“그게 끝이야?”

“……”

“후…”

“그때 학교에 소문 퍼뜨린 거. 사실 저예요.”

“뭐?”

“저희 언니가 사이비 다닌다는 소문. 그거 제가 퍼뜨린 거라고요.”

해은은 숨을 크게 들이마시다가 내뱉었다. 생각지도 못한 고백에 유나의 머리가 멈췄다.

“사실 저희 언니가 좀 당했으면 했어요. 다른 사이비들은 다 속속 밝혀지고 있는데 자기도 같은 사이비인 주제에 운 좋게 넘어가려는 것 같아서. 그래서 제가 다 뿌렸어요, 소문.”

“너 진짜 미쳤구나.”

“..어쩔 수 없었어요. 난, 난 그때 우리 언니가 죽길 바랄 정도로 미웠으니까.”

“하, 하…”

유나가 너털웃음을 지었다. 더 이상 해은의 말을 들을 자신이 없었다. 한창 소원에 대한 소문이 돌 즈음 자신이 했던 생각이 떠올랐다.

‘교류하는 별다른 친구도 없는 소원이 사이비에 다
닌다는 소문이라니’

동아리실에서 난데없이 속마음을 다 털어놓던 주소
원의 동생 주해은. 유나는 혼란스러웠다. 그제서야 상
황이 조립되며 자신이 느꼈던 기시감이 차차 맞아떨
어졌다. 그날 이후로부터 오늘이 오기까지. 동시에 해
은이 무슨 마음이었을지 이해가 가는 스스로가 미웠
다. 자꾸만 자신이 투영되는 두 자매의 모습이 치가
떨리게 부끄러웠다.

“장난해?”

“아니에요.”

“그럼 지금,”

“변명할 생각 추호도 없어요.”

“……”

“제가 한 짓이 언니 인생을 망가뜨렸다는 거 다 알
아요.”

해은의 말에 소원은 잠시 말을 잃는다.

“질투였어요.”

해은은 한참을 뜸 들이다 말을 꺼냈다. 그 단어를 꺼

내는 데 평생이 걸린 사람처럼.

"그리고. 멈추게 하고 싶었어요."

"뭘"

"언니가 아무 일도 없는 얼굴로 그 교회 다니는 거. 그런 거 믿는 거."

유나는 낮게 실소했다.

"그게 멈춰질 거라고 생각했어?"

"아니요."

지금은 아니에요. 해은의 말이 끝난 후로 다시 침묵이 이어졌다.

"우으"

귀에 댄 핸드폰 너머로 울음을 삼키는 소리가 애처롭게 들려왔다.

"그땐"

"……"

"누군가는 무너져야 끝날 줄 알았어요."

"그래서, 더 나한테 매달렸던 거구나? 차마 넌 한 짓이 있으니 이제 와서 주소원한테 살아달라고 말하기도 민망해서."

"..나도, 으끅 어쩔 수, 어쩔 수 없었어요. 언니는 그 때 제 속마음 다 들었잖아요. 언니는, 저 이해해 줄 수 있잖아요. 적어도 언니만은, 흐으으..."

해은의 목소리가 갈라졌다.

"...이 나쁜 년아."

'적어도 너는 네 언니한테 그러면 안됐지.' 라는 말이 차마 유나의 입에서 뱉어지질 않았다. 더 해줄 말이 없었다. 유나는 입 밖으로 내놓고 싶은 모든 말이 해은을 향하는 것인지 저 자신을 향한 것인지 구분이 가질 않았다.

"끊어"

"어, 언니."

"아예 연락하지 말라는 거 아니야. 다음에 다시 연락해"

"......"

"좀 울어라"

"...으극"

"끊을게."

"......"

“아 그리고. 이거 하나만 말해줄게.”

“……”

“네가 해야 할 건 네 언니 인생을 구하는 게 아니야 네가 그 인생을 망가뜨렸다는 사실이랑 같이 살아가는 거야.”

그런데 너무 무서워하지는 마. 그냥 도망치지만 마. 그게 네가 언니한테 줄 수 있는 유일한 사과야.

뚝-

전화를 끊은 유나는 명치 중앙과 코끝이 뜨겁게 아려오는 걸 느꼈다. 눈물은 나질 않았다. 머리가 차갑게 식었다. 핸드폰이 닿았다 떨어진 귀가 홧홧했다. 유나는 멍하니 꺼져가는 핸드폰 화면을 바라봤다.

“허억, 허억, 흐아... 으윽”

해은은 전화가 끊기고 젖은 숨을 연거푸 들이마셨다. 손에서 미끄러져 나간 핸드폰의 검정 화면 위로 뜨거운 눈물이 번졌다. 상처가 뜨겁게 아려오듯 가슴이 미어졌다.

‘내가 무슨 짓을 한 거지.’

도망칠 수 없는 과거의 행동으로부터 해은은 머리

를 쥐어뜯으며 몸부림쳤다. 몸을 가눌 수 없을 정도로 밀려오는 죄책감이 너무나 무거웠다.

'적어도 나만은 언니한테 그러면 안 되는 거였는데.'

그 누구도 꺼내지 않은 말이지만 숨 쉬듯 자리 잡은 그 생각이 자신을 몸부림치게 만들었다. 돌이킬 수 없기에 더욱 사무친 것. 제 언니가 제게 한 행동과 제가 제 언니에게 한 행동이었다. 닫힌 해은의 방문 아래로 비춰오는 얄쌍한 다른 이의 그림자가 머뭇거렸다. 우는 소리가 새어 나간 것이 분명했다. 단박에 알 수 있는 그림자 주인의 존재가 해은을 더욱 무너뜨렸다. 방문 하나를 사이에 두고도 이젠 그 누구 하나 문고리를 돌려 먼저 열지 못하는, 노크 한번 할 수 없게 된 그런 사이가 된 사랑하는 존재. 해은은 끝내 녹아 없어질 소금처럼 짜게도 울어댔다. 순간 비틀렸던 심사가 끝내 삶을 비틀어버리고 말았다.

해은은 처음으로 생각했다.

'아, 내가 언니를 세상 밖으로 밀어냈구나.'

교회에서 밀어낸 것도 세상이었고, 세상에서 밀어낸 것도 세상이었는데, 결국 그 모든 중심에 세워진 건 해은 본인이었다.

해례님의 은혜.

그 이름은 여전히 출석부에 남아 있었다. 하지만 그
은혜는, 누구에게도 축복이 아니었다.

CHAPTER 04

도망친 선지자

◇◇◇

"소원아."

"네?"

"잠깐 선생님 좀 볼까?"

적막하지만 부산스러운 교실 속 선생님이 소원에게 조용히 손짓했다. 조용한 부름에도 흥미에 찬 스물두 쌍의 눈이 소원을 끈덕지게 따라왔다. 학교가 소란스러워졌다. 종교 이슈와 더불어 간첩 신고를 연상케 하는 사이비 색출 놀이가 아슬아슬하게 수위를 넘나들었다. 담임 선생님은 반 애들을 불러 면담을 진행할 것이라고 했다. 학교에서는 열심히 아이들을 단속했으나 날로 퍼져가는 소문까지 단속하진 못했다. 그리고 그날은 소원이 난생 처음으로 조퇴를 한 다음 날이었다. 선생님의 뒤로 따라 걷는 햇빛 가득한 복도가 점점 서늘해졌다. 급하게 상담실로 개조된 빈 교실 문 앞에서 발걸음이 멈추고 선생님이 소원을 돌아봤다. 아무 말 없이 소원의 등을 살짝 밀어준 선생님은 문을 닫았다.

"아. 네가 소원이구나. 여기 편하게 앉으렴."

"안녕하세요."

면담을 위해 따로 마련한 빈 교실에서 상담 선생님은 소원에게 환히 웃었다. 선생님의 눈빛이 소원을 끈덕지게 좇았다. 소원은 자꾸만 얼굴을 마주치려 집요하게 따라오는 눈동자가 부담스러웠다. 일부러 짧은 목례를 하며 눈을 피하자 선생님은 고개를 살짝 끄덕이고는 말을 시작했다.

"하하, 엄청 긴장한 것 같네? 그냥 간단하게 학교생활과 관련해서 좀 물어보고 싶은 게 있어서 이렇게 불렀어. 너무 긴장하지는 말고."

"네."

형식적인 질문. 형식적인 대답이 오갔다. 힘들다는 고백을 유도하는 질문과 이를 회피하는 대답의 연속이었다. 가벼운 목례를 하고 조용히 자리를 떠나는 순간까지 상담 선생님은 소원을 뚫어져라 쳐다봤다. 소원은 끝까지 자신을 분석하려 드는 시선이 미치도록 불편했다. 혹시나 발걸음이 이상하진 않은지, 표정이 어색하진 않은지 신경 써야 할 게 너무 많았다. 말로 다할 수 없는 답답함이 목구멍에 치밀었다. 문을 열고 나오자 벽에 기대어 서있던 담임 선생님이 소원을 놀란 듯 쳐다봤다.

"면담이 끝나서요."

"어어, 그래. 빨리 끝났네? 반으로 가자."

소원이 말을 꺼내자 선생님은 그제서야 불에 덴 듯 튀어 올랐다. 둘은 조용히 걸었다. 어색하게 흐르는 공기에 폐를 드나드는 숨도 어색했다.

'나는 있잖아 언니. 언니를 보면서 차라리 내가 틀린 거였으면 좋겠다고 생각했다?'

'아무리 그래도 언니는 나한테 그러면 안 됐어.'

멍한 소원의 머릿속으로 전날 밤에 들은 말 한마디가 돌림노래처럼 반복됐다. 처음이었다. 학교를 조퇴한 것도, 사랑하는 부모님께 뺨을 맞은 것도, 그런 부모를 향해 목이 찢어져라 소리를 질러본 것도. 소원이 조퇴한 날 어제저녁, 집이 발칵 뒤집혔다. 반항 한 번 한 적 없는 딸의 조퇴에 적잖이 충격을 받은 소원의 부모는 일도 다 팽개친 채 집으로 귀가했다. 기행. 그들의 눈에 소원의 행동은 기행 그 자체였다. 유약하지만 대쪽 같은 그들은 딸의 기행은 보았을지언정 생기 잃은 눈동자는 보지 못했다. 소원은 태어나 처음으로 부모에게 따졌다. 살아온 인생이 송두리째 부정당하는 기분이었다. 생전 느껴보는 허탈감과 공허함을 받아들이기 힘들었다. 억울하고 분해서, 그렇지만 그래서 더 놓을 수가 없었다. 인정하기가 죽기보다 싫고 두려웠다.

"그거 알아? 나는 절박한 언니 보면서 한심하다고 생각한 적 없어. 차라리 마음이 아프면 아팠지."

눈물도 닦지 못한 채 앉아 있는 소원에게 해은이 문에 기댄 채로 말했다. 유약한 소원의 엄마가 거의 졸도하자 소원의 아빠가 엄마를 챙겨 안방으로 사라진 후였다.

"비록 다 거짓말일지라도, 언니가 그러는 게 살아가는 동안이라도 행복할 수 있는 방법이라면 그냥 두고 싶을 정도로 언니를 생각했는데. 언니는 어떻게 했어? 다른 그 이상한 사람들 끌어다가 뒤에서 음침하게 기도나 하고 있고. 울고 있는 엄마랑 같이 전화해서 한 번만 같이 교회 나가자고 강요나 하고. 내가 사실 네 마음 돌리기 위해서 뒤에서 기도도 많이 했다, 뭐 이런 말 듣고 언니 진심을 알아주길 바랐던 거야? 난 그런 언니마저 이해하려 했는데 정작 언니는 언니 뜻대로 나를 개조하려고만 들더라. 음침하고 얍삽하고 추잡스러워. 뭐 전도는 그렇게 하는 거라고 니가 믿는 그 교주 새끼가 시키디? 니가 믿는 그 대단한 신이 겨우 그 정도 수준이디? 어? 정떨어지는 년. 진짜 죽어버렸으면 좋겠어."

쾅.

그 말을 끝으로 해은은 자신의 방문을 닫아버렸다. 같은 공간에 있지만 철저히 와해된 가족들이 제각기 상처를 주고받으며 흩어졌다. 맞은 뺨보다 애써 삼킨 눈물로 채운 가슴이 더 화끈거렸다. 바로잡기에는 너무 멀리 와버렸다. 날카롭게 갈린 말보다 동생에게 했던 자신의 행동들이 더 세밀한 날이 되어 스스로를 날렵하게 상처 입혔다. 소원은 그날 낮에 유나에게 들었던 말이 떠올랐다.

'사이비에 허비한 지난 니 인생이 불쌍해서가 아니라, 니가 끌어들여서 손수 망쳐댄 다른 인생들한테 미안해서.'

그래. 네 말이 맞았다. 무섭게도 들어맞았다.

"으, 흐아. 허억...으극"

꼼꼼히 틀어막는 손이 무색하게도 울음소리가 자꾸만 새어나갔다. 소원은 그때 그 순간만큼은 자신의 성대를 뜯어내 버리고 싶다고 생각했다. 자잘히 찢겨나간 사과를 건네야 했던 기회의 순간들이 너무나 간절했다.

"보건실에서 쉬어도 돼, 소원아."

"네?"

정적을 깨고 들어오는 담임 선생님의 말에 소원이 놀라 반사적으로 대답했다. 순간 두 사람의 얼굴이 마주쳤다. 선생님의 눈에 소원의 부어오른 뺨과 눈이 들어왔다. 소원은 급하게 고개를 돌려 회피했지만, 미숙한 실력으로 대충 덧발라놓은 화장은 빨갛게 부어오른 어린 피부를 가리기엔 역부족이었다.

"소원아 너 얼굴이..."

"아뇨. 괜찮아요. 저 교실에 있어, 있을 거예요."

"소원아!"

소원은 짧게 얼굴을 마주한 순간 자신의 민낯을 들킨 기분이었다. 마음이 조급해졌다. 빠르게 말한 소원은 짧은 목례를 한 뒤 빠른 걸음으로 교실로 향했다. 말로 형용할 수 없는 감정들이 소원을 덮쳤다. 무력감, 외로움, 공포, 배신감, 공허함. 여러 감정들이 모여 만들어낸 형체 없는 무언가가 더할 나위 없이 비참했다. 빠르게 걷던 걸음에 점차 속도가 붙었다. 달아날 수 없는 것으로부터 도망치듯 소원은 언젠가부터 내달리기 시작했다. 긴 복도를 지나 계단을 즈려밟으며 내려가던 때였다.

"어어, 야!"

쾅. 계단을 내려와 몸을 크게 돌리는 순간 누군가와 부딪혀 소원은 튕겨져 나갔다. 부딪힌 상대도 넘어지며 엉덩방아를 찧었다.

"헉,"

“아오, 씨….”

유나였다. 먼저 달려와 부딪친 건 소원이었지만 아무런 대비 없이 충격을 그대로 흡수한 것도 소원이었다. 갑작스러운 충돌에 명치가 먹먹하게 아려왔다. 소원은 숨을 크게 쉬려 했지만 그 또한 마음대로 되지 않았다. 배와 명치 사이의 경계를 손으로 눌러댔지만 먹먹한 통증이 가시질 않았다.

“아, 윽…”

“어우 씨. 뭐야. 너 왜 그래.”

먼저 몸을 일으킨 유나가 소원에게 다가왔다. 괜찮냐고 묻는 질문에 대답할 정신도 없었다. 그저 땅바닥을 짚고 숨을 고르기 바빴다.

“어머 애들아. 괜찮니?”

소원을 뒤늦게 따라온 선생님이 계단을 급히 내려왔다.

“아 네. 저는 괜찮은데 애가…”

유나가 말끝을 흐리며 시선으로 소원을 가리켰다.

“어머! 소원아”

“저 괜찮아요.”

  겨우 말을 잇는 소원의 목소리에 눈물이 고였다. 여전히 배가 아릿하게 아파왔지만 정말로 잠깐 사이에 조금 괜찮아진 참이었다. 그리고 무엇보다 당장 이 상황에서 벗어나고 싶었다. 순간 유나의 손이 소원의 왼쪽 귀를 스쳤다. 고개를 푹 숙인 소원의 얼굴을 따라 머리카락이 넓게 드리워졌다.

  "제가 보건실 데려갈게요."

  담담히 말한 유나는 소원의 팔을 잡아 일으켰다. 천천히 일으켜지는 소원을 눈으로 쫓지 않는 건 유나뿐이었다. 소원은 엉거주춤 한 쪽 팔과 어깨가 잡힌 채 계단을 내려갔다. 통증이 가시며 굽힌 허리가 조금씩 펴질 때까지 유나는 소원을 흘긋 쳐다보지도 않았다. 그저 묵묵히 걷기만 했다. 당장 어제까지만 해도 온갖 욕을 주고받았는데. 내 부은 얼굴도 다 봐놓고 왜 지금은 아무런 질문도 안 하는 건지. 소원은 혼란스러웠다. 아니 어쩌면 답답했고 또 어쩌면 억울했다. 유나에게 잡힌 팔 한쪽이 뜨거웠다. 그리고 눈물이 터져 나왔다.

  "욱, 흐윽"

“……”

“으흐,.. 흐어엉”

“아니 뭐,”

야야, 당황한 유나의 목소리가 들려왔다. 소원은 걷던 걸음도 멈춘 체 말 그대로 엉엉 울기 시작했다. 간간이 지나가는 학생들이 소원과 유나를 흘끔흘끔 쳐다봤다.

“와씨. 미치겠네.”

유나는 머리를 한번 쓸어 넘기고선 소원의 어깨를 둘러 안고 총총 뛰기 시작했다. 잡힌 왼쪽 어깨와 오른쪽 팔목이 뜨거워서. 등 너머로 묵직하게 닿아오는 팔이 눈물 날 정도로 안정적이어서. 이끌려 뛰어가는 와중에도 자꾸만 눈물이 벅차올랐다.

“자, 들어가.”

도착한 보건실의 문 앞에서 유나는 소원을 감싼 팔을 풀었다. 손이 붙어있던 자리에 공기가 들어차며 서늘해졌다. 소원은 다급히 돌아서는 유나의 손목을 붙잡았다.

“……”

“아 왜 이래. 얼렁 들어가. 나 바빠.”

무미건조하게 말하려 하는 유나의 목소리가 선 넘은 관심만을 받아온 소원에게는 오히려 다정하게 들려왔다.

“……”

“뭐 어쩌자고.”

유나는 한숨을 쉬며 소원 대신 보건실 문고리를 잡아 돌렸다. 찰칵, 찰칵. 잠긴 문고리에서 나는 소음이 복도를 메웠다.

“아 염병. 여긴 뭐 열려있는 날이 없어.”

툭. 괜히 문짝을 쳐댄 유나가 신경질적으로 말했다. 소원에게 붙잡혀있는 손목이 힘을 잃은 채 덜렁거렸다.

“너. 할 말 없으면 나 간다.”

“……”

“셋 셀 테니까. 그 안에 말해. 하나, 둘,”

“……”

“셋.”

“미안해.”

"...그래. 간다."

어렵게 꺼낸 말이 무색할 만큼 유나는 말이 끝나기 무섭게 몸을 돌렸다. 소원은 당황했다.

"미, 미안하다고!"

"그래. 알았다고."

"아니. 으흐... 미안해, 내가, 흐윽. 내가 다 잘못했어... 나 좀 도와줘..."

겨우 멈췄던 눈물이 다시 꾸역꾸역 흘러나왔다. 소원이 아예 두 손으로 유나의 손목을 붙잡은 채 눈물을 뚝뚝 흘려댔다. 혹여나 눈물을 닦는 새에 유나가 성큼 가버리기라도 할까 봐 눈물도 닦지 못한 채 울어댔다. 그런 소원을 가만히 보면 유나는 머리를 한번 쓸어 넘겼다. 말을 할까말까 옴싹대던 입술이 굳게 다물렸다 다시 열렸다.

"야 주소원."

"......"

"네가 믿고 싶으면 그냥 믿어. 스스로 그게 네가 믿는 진리라고 생각한다면 그냥 밀고 나가라고."

"어?"

"난 아무래도 상관없으니까. 네 인생이잖아 소원아."

"뭐? 너 그게, 무슨 말이야?"

"이제 곧 있으면 방학식도 할 거고, 우리 각자 대학 진학하고 나면 더 볼 사이도 아니잖아. 나한테 사과할 필요 없어. 내가 괜히 오지랖 부렸던 건데 뭐. 나야말로 미안하다."

유나는 소원에게 말했다. 분란을 일으키기보단, 인정하기로 한 것이다. 더 이상의 분란을 일으키며 가슴 뛰는 일이 유나에게는 너무나 버거운 일이었다. 이미 한번 소원의 반응을 본 적이 있지 않은가. 누군가는 회피라 할지라도, 한 겹 덮어놓음으로써 평화롭게 유지되는 관계라면, 혹여나 덮어놓은 그 한 겹이 치명적인 진실을 가리는 베일일지라도, 유나는 더 이상 상처를 받고 싶지도, 책임을 지고 싶은 마음은 더더욱 없었다. 그리고 동시에 무미건조해서 다정했던 유나의 말이 무미건조해서 더욱 잔인하게 소원의 가슴을 후벼 팠다. 곧 유나의 손목에서 소원의 손이 떨어져 나갔다. 곧이어 발소리가 멀어져갔다.

“정말 사랑하는 사람에게 상처를 줬으면 어떡하죠? 선생님이라면 어떻게 할 것 같으세요?”

“소원씨가 잘못한 일이라면, 그리고 앞으로도 더 보고 싶은 사이라면 사과를 해야겠죠.”

“사과의 말마저 건넬 수 없을 정도로 제가 큰 잘못을 한 거면 어떡하죠?   상대는 저의 사과마저 부담스럽게 느낄 수 있잖아요. 예를 들면, 사과는 하는 사람이 아니라 받는 사람이 받아야 진짜 사과라는 뭐 그런 말도 있고요.”

“소원 씨는 소원 씨 본인이 상대방에게 사과를 떠미는 것 같아 보일까 걱정이 되는 건가요?”

“네. 제가 건넨 건 사과인데, 상대방에겐 위선으로 받아들여질까 봐요. 그게 너무 겁나요.”

“소원 씨가 봤을 때 그 상대방분은 사과를 받을 준비가 된 것 같나요?”

“잘 모르겠어요.”

“그러면 그분은 소원 씨가 봤을 때 소원 씨와의 관계가 더 나아지길 바라는 것 같나요?”

“그것도 잘 모르겠어요. 죄송해요. 도통 이 감정이

해석되질 않아요.”

“죄송할 필요는 없죠. 원래 감정이라는 건 굉장히 복합적이기도 하고요. 감정이라는 걸 해석하고 딱 정의하려 들기보다는 당장의 그 사람을 생각했을 때 드는 느낌을 먼저 마주해보는 건 어떨까요?”

“미안함, 한없이 미안해요.”

“또 다른 게 있나요?”

“죄책감도 들고요. 그냥 너무 소중한 제 동생인데. 제가 지켜주지 못했어요.”

“네.”

“지켜주기는커녕 아예 내몰았어요. 혼자 뒀어요. 생각해 보면 한 번도 제 동생을 위해서 언니로서 무언가를 해보려 든 적이 없는 것 같아요.”

“……”

“제 동생이 하는 말 중에 틀린 건 하나도 없었어요. 부모님을 제 뒷배로 두고 온갖 위선은 다 떨었어요. 아닌 척 부모님 사랑 더 받으면서 우월감 느꼈던 것도 있고 개 말대로 이상한 종교 믿는 주제에 같잖은 선민사상 가졌던 것도 다 맞아요. 틀린 길을 걷고 있으면서도 같이 그 길을 걸어주는 사람들이 부모님이라서 일부러 외면했어요."

"소원 씨,"

"아아, 저 가볼게요. 선생님. 죄송해요. 다음에 봬요."

"소원 씨..!"

소원이 도망치듯 병원을 나온 그날. 소원은 멍하니 걷다 누군가를 떠올렸다. 시간이 흘렀다. 동생 또한 대학 입시에 뛰어들었다. 좋은 결과를 냈으며, 친구들도 주변 동급생들도 각자의 위치에서 최선을 다하며 살고 있다. 나는 이렇게 살고 있다. 너는 어떻게 살고 있는가. 문득 궁금해졌다, 내게 쓴 말도, 다정한 말도 해줬던 이는 네가 유일했다.

'연락해 볼까.'

'보고 싶다.'

벌써 1년이 지났다. 한때는 갈피를 잃은 채 유랑한다는 것이 토 쏠릴 정도로 공포스러웠다. 두렵고 피하고 싶고 도망치고 영원히 달아나고 싶었었다. 그러나 지금의 소원은 더 이상 아쉬울 게 없다라는 생각이 들었다.

현관문을 닫자 집 안이 조용해진다. 소원은 불을 켜지 않는다. 낮인데도 집은 어둡다. 신발을 벗고 발바닥으로 바닥을 느낀다. 차갑다. 아직 겨울이 다 안 갔다. 거실을 지나며 소원은 소파 옆을 스친다. 천이 손바닥에 걸린다. 예전에 엄마가 졸도하며 울 때 그녀의 어깨를 둘러 껴안았던 것이다. 소원은 손을 거둔다. 부엌. 싱크대에 컵 하나가 놓여있다. 물을 마신 흔적. 자기 건 아니다. 소원은 괜히 컵을 들어 올려본다. 유리의 무게가 손으로 전해진다. 이런 건 변하지 않았다. 엄마의 어깨를 둘러 감싸안았던 천도, 쓰던 유리컵의 무게도, 가구의 배치도. 컵을 내려놓고 수도꼭지를 틀었다 끈다. 짧은 물소리가 잔잔하게 울린다. 소원은 잠시 그대로 서 있다가 숨을 고른다. 괜찮다. 아무도 소리를 지르지 않는다. 아무도 손가락질하지 않는다. 아무도 강요하지 않는다. 그 누구도 바라지 않는다. 그 누구도 없다. 방으로 간다. 문을 열자 달큰한 공기가 풍겨온다. 책상 아래 꼬깃하게 잘 숨겨놓은 예전 교회 노트에서 이젠 먼지 냄새가 난다. 표지에 적

혀있는 나의 이름과도 같은 명칭. 순수한 증인. 종이가 손끝에 긁힌다. 페이지를 넘길 때마다 사각거리는 소리가 기억을 긁으며 부스럼을 일으킨다. 기도문. 밑줄. 멍청한 내 글씨. 소원은 노트를 덮는다. 버리지도, 다시 숨기지도 않는다. 그냥 들고 서 있다. 벽면에 자국만 남긴 채 사라진 예전 교회 액자의 흔적도. 한 손에 들어오던 작은 성경도. 의미를 잃었다. 소원은 천천히 침대에 앉는다. 침대 매트리스가 몸무게를 받아낸다. 면의 감촉. 조금 해졌다. 어릴 때 해은이와 함께 쓰던 이불이다. 그때는 이불을 더 당기는 쪽이 늘 해은이었다. 소원은 처음으로 이불을 당기지 않는다. 그냥 가만히 손을 얹어둔다. 가슴이 아프다기보단 텅 빈 느낌. 그 공백 속에서 묵혀왔던 단어가 천천히 떠오른다. 동생. 소원은 그 단어를 입 밖으로 내지 않는다. 대신 이불을 조금 더 정리한다. 접힌 자리를 맞추고 끝을 가지런히 한다. 아무도 보지 않는데도. 소원을 그걸 보며 생각한다. 놓아두는 방법을 배우고 있는 중이라고. 그리고 그게 오늘 하루에 허락된 전부라는 걸 조용히 받아들인다.

“안녕”

“안녕”

“점심 같이 먹을래?”

“그래”

어이없을 정도로 목적이 뚜렷했던 너와의 첫 만남. 어느 날 문득 다가와 말을 걸어놓고선 정작 나에 관해선 아무것도 묻지 않았던 너. 하교 후에 떡볶이 먹으러 가자는 말 한번 없었던 너. 속을 알 수 없지만 되려 그 누구보다 투명한 너에게서 난 오히려 안정을 느꼈던 것 같다. 나에게 뭔가를 은근히 바라지도, 원하지도 않았던 너. 애쓰지 않아도 평탄하게 유지되는 너와의 관계가 무척이나 편했다. 학교에 가면 항상 네가 있는 게, 그게 뭐라고 그렇게나 안심됐다.

“나 초코우유 사주라”

밑도 끝도 없이 노트 정리를 하고 있는 네게 이렇게 말해도 항상 ‘그래라’ 라고 답해주는 네가, 허투루라도 싫은 내색 한번 내비치지 않는 네가 그 자체로 너무 좋았다.

"뭐야. 초코우유 사달라며?"

혼자 자판기에서 뽑은 초코우유를 입에 물고 있노라면 그런 나를 발견해 금방 사달라고 하지 않았었냐며 묻는 네가 다정해서 좋았다. 사소한 행동 하나하나 말투 하나하나에서 베어 나오는 너의 태생적인 다정함이 밤새 되새길 만큼 좋았다. 그래서 한때는 네가 어쩌면 해례님께서 내게 내려주신 존재일 수도 있다고 생각했다. 원하지도 않던 예배를 손꼽으며 다음 해에도 너와 같은 반이 될 수 있게 해달라 기도했다. 그렇게만 해준다면 앞으로의 예배에도 더욱 진심을 다해 기도도 더욱 열심히 하겠다고 약속했다. 우습게도 너와 함께 지내던 그 1년 동안 나는 나의 신에게 가장 진심이었다. 그러나 모든 것은 학년이 올라가자마자 내 알량한 착각이었다는 것을 알게 됐다. 학교 외의 공간에서는 연락 한번 하지 않았던 너와의 관계는 반이 달라지자 그대로 끊겼다. 너도 연락하지 않았고 나도 연락하지 않았다. 나는 그제서야 일평생 믿어오던 신에게 큰 허망함을 느꼈다. 너한테서 받고 싶은 것은 물질이 아니라 너의 따뜻한 대답이었다.

"엄마"

"응?"

"엄마는 해례님을 사랑해요?"

"그럼, 당연하지"

"엄마가 전에 천국에 가게 되면 이곳에서의 기억은
모두 잊고 살게 된다고 했었잖아요"

"그렇지?"

"그럼 엄마가 죽고 저도 죽게 되면 저희는 천국에서
만날 수 있는 거에요? 엄마도 저도 서로의 기억에서
사라질 텐데요?"

"음, 글쎄... 천국에 가면 엄마랑 아빠는 생각도 안 날
정도로 행복할 거야 소원아."

"......"

"아마 아빠랑 엄마는 수준이 비슷해서 같은 구원층
에서 만날 수는 있겠다. 호호호"

"그럼 주님을 믿어야 천국에 갈 수 있다 했잖아요."

"......"

“그럼, 한 살이라도 젊을 때 방탕하게 즐기면서 살다가 마지막 노년에 회개하고 천국에 가는 게 제일 이득 아니에요? 이왕 사는 거.”

“그게 무슨, 소원아! 전에 구원론 말씀 안 들었어? 구원에도 급이 있다니까? 같은 구원을 받아도 그 안에서 철저하게 구분 지어지기 때문에 그런 건 절대 걱정할 필요가 없는 거야~ 소원이 너는 엄마 아빠한테 감사해야 돼. 엄마 아빠는 너를 낳고 나서야 해례교를 알게 됐지만 소원이 너는 어떻게 보면 거의 모태신앙인 거잖아. 노년에 가서야 후회하고 회개하는 사람들하고는 태초부터 출발지가 달라. 응?”

‘죽어서도 등급이 나눠지는 건가’

소원은 생각했다.

“알겠지?”

“...네”

“그런 김에 소원이 네가 해은이도 교회 좀 자주 나오게 챙기고~ 언니잖아, 응?”

“네”

마지못해 대답한 소원은 가슴을 칭칭 동여맨 듯 답

답해졌다. 유연한 듯 철통같은 엄마의 사고가 자신을 더 바보로 만드는 것 같았다. 달리는 차 밖의 풍경이 빠르게 바뀌어갔다.

"사이비 이단교인 '해례교'를 창설한 OOO 교주를 비롯해 국내 곳곳에 퍼진 여러 사이비 집단들을 다룬 다큐멘터리가 각종 OTT 플랫폼 국내 영상 순위 1위를 기록하며 많은 파장을 일으키고 있습니다."

"……"

"누가 TV 켰니?"

삑-

3월 16일. 똑똑히 기억하는 그날의 아침. 기사를 접한 후 '쿵' 하고 떨어지는 감정은 해방감이었나. 혹은 배덕감이었나.

"소원이 너, 당분간 핸드폰 보지 마. 알겠지?"

"네"

엄마는 다소 격양된 목소리로 말했다.

"해은이 너도"

"……"

"주해은 너 대답 안 해?!"

쾅. 해은은 입을 닫은 채 현관문을 거칠게 닫고 나갔다.

"하..."

내쉬는 부모의 한숨이 셋만 남은 거실 바닥을 더욱 차갑게 얼렸다. 소원은 특히나 엄마의 심기를 거스르지 않으려 꾸역꾸역 밥을 넘겼다. 덜덜 떨려오는 손을 들키지 않으려 흰 밥만 꼭꼭 씹어 넘기는 시간이 영겁과도 같았다.

"학교 끝나면 바로 와. 알겠지?"

"네"

"오늘 오후 긴급 예배 있을 거야. 이제 삼학년이어도 지금 같은 시기에는 꼭 참석해야지, 그치? 우리 딸. 저녁에 봐. 학교에서 해은이 보면 설득해서 되도록 같이 오고."

"네. 다녀오겠습니다."

"그래. 우리 딸"

"이럴 때일수록 더욱 믿음을 굳건히 해야 합니다!

당치도 않는 세상의 것들이 우리를 고난으로 몰고 핍박할지라도 우린 우리의 해례님과 저희 모두가 더욱 애틋해 질 것이라는 것을 압니다. 우리의 십자가는 숭고하며 우리는 승리할 것이요. 승리는 결국 우리의 것입니다!"

"아멘!"

"지금 교주님께서 지금 세상으로 보도된 다큐멘터리의 간악함을 알리고 잘못된 방송의 가처분 신청을 하며 그 누구보다 열심히 뛰고 있음을 우리는 알고 있지 않습니까. 우리는 이번 일을 기회 삼아 해례교의 진리를 더욱 굳건히 하고 무지한 세상에 해례교를 알리면 되는 것입니다. 안 그렇습니까, 아멘!!"

"아멘!!"

"아멘, 할렐루야!"

모두가 울부짖었다. 사람들도, 엄마도. 소원과 아빠만을 제외한 모든 이들이 애처롭게 두 손을 뻗고 '아멘'과 '할렐루야'를 부르짖었다. 소원은 차마 아빠 쪽으로 고개를 돌릴 자신이 없었다. 그저 고개를 푹 숙인 채 오늘까지 풀어야 할 비문학 문제집의 페이지

수를 되뇌었다.

엄마와 아빠가 단둘이 나가는 일이 잦아졌다. 해은과 단둘이 집에 머무는 날이 잦아졌다. 소원은 묵묵히 엄마의 말을 떠올리며 핸드폰과 뉴스를 단절한 채 수능 공부를 했다. 집의 TV는 부모가 없을 때 해은이 종종 켜두는 용으로만 사용됐다. 해은은 부러 들으라는 듯 '그 주제'에 관련된 방송만을 틀어댔다. 아마 이때부터였나. 그 이후로 교회로의 걸음이 끊겼다. 해은은 언젠가부터 아침 식사를 같이하기 시작했다. 소원은 불안해졌다. 자신이 인지하지 못하는 새에 차 밖의 풍경이 빠르게 바뀌어가던 것처럼. 자신도 모르는 새에 집안에 변화가 이루어지고 있음을 느꼈기 때문이다.

"왜 요즘엔 예배 안 가요?"

일가족이 둘러앉은 아침 식탁에서 소원이 물었다. 모두의 숨이 멈췄다. 끝없는 정적에 소원의 숨이 가빠지기 시작했다.

'나한테도 말해주세요. 아니, 차라리 내가 끝까지 모를 수 있게 치밀하게 숨겨주세요.'

소원은 속으로 빌었다. 차라리 마주하고 싶지 않았다.

"소원이 너,"

"……"

"지금 입시 준비하고 있잖아. 수능에 집중해야지. 그치?"

"…네"

짜여진 각본을 수행하듯 일가족은 일사불란하게 각자 할 일을 하기 위해 다시 움직였다. 그래, 내가 지금 집중할 건 수능이다. 애써 자리 잡은 의구심을 벼려내려 소원은 이를 악물었다.

날이 따뜻해지고 곧이어 금방 더워졌다. 한여름의 더위와 수시 원서 작성으로 녹초가 됐던 어느 여름밤이었다. 하교 후 지쳐 선잠에 들었다 열대야를 이기지 못해 이끌리듯 깼던 그날 밤. 적막한 집 안에서 유일하게 빛을 뿜던 부모님의 안방. 도란도란 들려오던 말소리가 밤공기를 타고 넓게 흐트러지던 그때.

'언제 말해야 할까. 소원. 센터. 입시가 끝나면. 역시.'

부모의 대화 내용은 다 기억나지 않았다. 그러나 소원은 그때의 상황을 이해하지 못할 나이가 아니었다.

소원은 그대로 천천히 걸음을 때 부모의 목소리가 들려오는 안방 문을 두드렸다.

'똑, 똑'

"소원아"

"무슨, 소리예요. 이게 다?"

"……"

"엄마"

"소원,아. 우리, 음. 어… 지금 많이 피곤하지? 아 그래. 우리 소원이 너 입시 끝나고, 응. 그때 다시 얘기하자. 어때?"

"아빠?"

"크, 흠…"

"역시 아빠구나. 아빠가, 그런 거예요?"

그런 거예요. 라는 말에 함축된 여러 의미가 소원을 더욱 위축되게 만들었다. 아빠가 엄마 꼬드긴 거예요? 설득한 거예요? 정상으로 되돌려 놓은 거에요? 어떻게 말을 꺼내든 결국 자기 얼굴에 침 뱉기라는 것은 깨닫게 된 소원은 애써 '그런 거냐며' 뭉뚱그려 말했다.

“저한테도 그냥 말해주시면 안 돼요? 제발, 제발요”

“하...”

어린 딸을 지켜보던 부모는 한숨을 깊게 내쉬었다. 절박하게 울먹이는 눈망울이 너무나 처연했다. 엄마는 조용히 방 안으로 들어가더니 종이 한 장을 내밀었다.

‘이단 상담소 상담사 OOO’

“왜 이런 걸 줘요?”

소원은 하얀 명함을 보자마자 감정이 북받쳐 올랐다. 얼굴과 함께 일그러지는 말이 전달력을 잃으며 길게 늘어졌다. 내가 어떻게 이 믿음을 억지로 이어왔는데. 내가 무슨 생각까지 하며 부모를 만족시키기 위해, 엇나가지 않기 위해 얼마나 마음을 다잡아왔는데. 소원은 억울했다. 이래선 안 된다. 차라리 해레교는 진실이어야 한다. 그렇지 않으면, 해은에게 내가 했던 짓들이 너무나 미안하지 않은가.

“왜? 왜....? 왜요....?”

“소원아....”

“너희 엄마. 지금 이단 상담소 다니고 있다. 소원이

너도 사실 다 알고 있었잖니. 더 이상 마냥 어린애도
아니고."

"여보..!"

"다음달 9월부터 수시 접수 시작한다며? 1차 수시
접수 끝낸 다음부터 너희 엄마랑 너랑 같이 주말마다
이단 상담소 다니는 걸로 하자"

"......"

"소원아"

소원은 머리가 차갑게 식는 걸 느꼈다. 긴급 예배 때
유일하게 동요하지 않았던 소원 저 자신과 아빠. 이후
잦아지던 엄마와 아빠의 외출. 다시금 가족과의 식사
에 합류하기 시작한 동생 해은까지. 애써 눈 감고 무
시했던 진실을 마주하자 방금까지만 해도 참을 수 없
던 뜨거운 눈물이 언제 그랬냐는 듯 식어 사라졌다.

"후......"

소원은 숨을 길게 내쉬었다. 내쉬는 숨을 따라 길게
가슴 속의 뜨거운 응어리가 빠져나갔다.

"아뇨. 저 어차피 수시 준비 거의 다 했어요. 이번 주
주말부터 바로 나가도 돼요."

"빠르면 빠를수록 좋지."

"안돼 소원아. 그래도 한 번뿐인 입시인데 좀 더 신경 써서 준비해야지."

"줄곧 교회 다닐 때도 매주 3번 이상씩은 예배 참석했었잖아요. 일주일에 겨우 한 번인데요."

"……"

대답하지 못하는 부모를 두고 소원은 몸을 돌려 방으로 돌아갔다. 더 이상 종교 이야기에도 몸은 떨리지 않았다. 방에 도착한 소원은 문을 닫고 기대어 앉았다. 긴장으로 차갑게 굳은 손발이 여름밤의 열기에도 녹질 않았다. 차라리 잘 된 걸까. 모르겠다.

시간은 흘러갔다. 소원은 약속대로 매주 이단 상담소에 출석했으며 1차 수시와 2차 수시도 접수를 마쳤다. 수시 합격 결과가 나왔고, 11월 14일 수능이 끝났다. 그리고 이틀 뒤인 11월 16일.

"사이비 이단교인 '해례교'를 창설한 OOO 교주가 구속 영장 발부 이후 자택에서 극단적 선택을 하며 파문이 일고 있는 가운데…"

교주가 죽었다. 며칠 지나지 않아 학교에 소문이 돌기 시작했다.

"나와 봐. 너"

유나가 소원을 교실에서 끌어냈다. 1년, 아니 해가 다 갔으니 거의 2년 만이었다. 3학년이 되고 나서 마주친 유나는 이미 무리가 생겨버렸다. 그리고 그런 유나에게 소원은 더 이상 다가갈 수 없었다. 그런데 1년 내내 같은 반에서도 서로 인사 한번 하지 않다가 이제 와서? 그러나 소원은 그럼에도 유나와의 대화가 반가웠다.

"뭐냐, 너"

"됐다. 이제 와서 뭘 묻겠냐. 졸업도 얼마 안 남았는데."

쿵. 유나의 말에 소원은 곧 화가 치밀었다. 왜? 왜 너마저 날 포기해? 2년 만에 갑자기 불러내 놓고, 앞으로 졸업하면 더 이상 보지 못할 수도 있는데 이렇게 끝내겠다고? 집착 어린 마음이 성난 되물음으로 표출됐다.

"그럼 뭐, 내가 불쌍해 보였어?"

‘그간 나한테 아는 체 한번 안 하다가 왜 내가 힘들 때 와서 이래? 왜 자꾸 너한테 기대고 싶게 만들어? 왜 자꾸 너한테는 다 털어놓고 싶게 만들어?’

삐뚤어진 마음이 계속해서 널 탓했다. 무슨 말을 내뱉었는지 모를 시간이 지났다. 모든 하루가 소용돌이친다. 어떻게 짐을 챙겼는지, 어떻게 집까지 갔는지 모르겠다. 아아, 세상이 시끄럽다.

어디서부터 잘못된 걸까. 정신과를 빠르게 뛰쳐나왔던 그날의 소원은 샤워부스 안에 무릎을 모아 앉은 채 지난 삶을 복기했다. 샤워기에서 흩뿌려지는 물줄기가 좁은 공간을 튀기며 적셔갔다. 잘박하게 젖어 들어가는 옷을 느끼며 소원은 그저 멍하게 공기를 때리는 물방울들의 소음을 감상했다. 차라리 태어나지 않았으면 좋았을걸. 생각을 마친 소원은 이젠 믿지 않는 신에게 습관처럼 기도했다.

살아갈 용기보다 작은 것에서도 기쁨을 찾을 수 있는 예민함을 주시길.

그 예민함 때문에 더욱 섬세하게 상처받는다 하더

라도, 그 예리한 상처마저 스스로 치유할 수 있는 인내심을 주시길.

이 기도가, 당신에게 드리는 마지막 기도가 되길.

아멘.

해은과의 통화를 마친 지 며칠 지나지 않아 나는 소원이 극단적 시도를 했다는 연락을 받았다. 그것도 가족 모두와 함께 사는 집 욕실에서. 천만다행으로 그날 점심때 우연히 집에 들린 어머니에게 발견되어 급히 병원으로 옮겨졌다고 했다. 그 소식을 들은 나는 소름돋게도 침착을 유지했다. 핸드폰 너머로 들려오는 해은의 울음소리가 와 닿지 않을 만큼 믿기지 않았다. 소원의 소식을 들은 날 밤, 나는 습관처럼 핸드폰을 켰다. 철사가 몸에 감긴 채 사람들을 경계하던 들개의 구조 방송이 짧게 편집되어 올라와 있었다. 평범하게 여느 때처럼 숲속을 거닐다 철사에 감긴 개는 처음엔 이물감에 몸부림쳤다. 철사는 개의 움직임에 따라 몸을 더 옥죄었고 개는 곧 이물감이 아닌 고통으로부터 몸부림치기 시작했다. 주변에 개를 도울 수 있는 존재는 없었고 시간이 흘러 살은 짓물리고 철사와 털은 엉겨 붙기 시작했다. 몸을 움직일 때마다 철사가 더욱 아프게 살을 파고든다는 것을 알게 된 개는 이를 체념하고 새로운 모든 것으로부터 달아나기 시작했다. 새로운 존재가 자신을 도우려 하는지 해하려 하는지는 이젠 개한테 전혀 중요치 않았다. 그저 덜 아프기 위해 철사를 달고 아프게도 도망쳤다. 마침내 어렵사리 구조대에게 잡힌 개는 정말 많이도 아파했다. 파고든 철사를 떼어낸 자리에는 진물과 피딱지가 섞인 아픈 자욱이 남았다. 철사와 함께 떨어져 나간 빈 곳을 소독하고 치료하는 과정에서 개는 쉬지도 않고 울고 또 신음했다. 개도 눈물을 흘릴 수 있다는 것을 모르지는 않았으나 눈으로 보니 선명했다. 분명 더 나은 나날을 위한 과정인데도 아파하는 모습을 보며 차라리 불편하더라도 그대로 뒀으면 좀 나았을까 하는 생각이 들었다. 개는 이미 철사가 감긴 삶에 적응했고, 들개의 수명을 따져본다면 앞으로 얼마나 살지도 모르는데. 그러나 이러한 생각이 무색하게도 철사로부터 벗어난 개는 빠르게 회복했다. 몸의 겨우 3분의 1

만큼의 둘레이던 철사를 제거한 후 고통에 절던 다리는 제대로 땅을 밟기 시작했다. 먹을 것도 본래 먹던 만큼 양껏 먹기 시작했다. 지쳐있던 얼굴에 표정이 생기고 푸석했던 털이 윤기를 되찾았다.

"앞으로는 철사 같은 것에 걸리지 말고 새 주인아저씨랑 행복하게 오래오래 살아야 한다~!"

방송은 새 삶을 찾은 강아지의 앞날을 축복하며 끝이 났다. 행복하게 혀를 내밀고 있는 개의 모습이 사진처럼 잔상으로 남았다. 행복한 앞날을 축복하는 패널들의 목소리가 귓가에 아른거렸다.

'네가 믿고 싶으면 그냥 믿어.'

'스스로 그게 네가 믿는 진리라고 생각한다면 그냥 밀고 나가라고.'

'난 아무래도 상관없으니까. 네 인생이잖아. 소원아.'

"우욱"

눈물을 삼켜내려 함께 삼켜왔던 콧물이 속에서부터 밀려 올라왔다. 다시 눌러 담을 새도 없이 튀어오른 콧물 더미를 뱉어내기 위해 유나는 욕실로 뛰쳐나갔다.

굳이 내가 아니어도 된다고 생각했으니까. 굳이 내가 아니어도 널 도와줄 다른 사람은 있을 거라고 생각했으니까. 내 말 한마디로 일어날 파장이, 금 가게 될 우리의 관계가 두려웠다. 그러나 이 얼마나 무책임한 말이었던가. 물속과 밖의 경계에서 결국 넓게 분해되고 마는 목소리처럼 열심히 뻐끔거려도 내 말은 당신에게 닿지 않는다. 경험을 통해 학습된 무력감은 날 다시 주저앉혔고 더불어 너까지 가라앉혔다. 차라리 처음부터 알지 않았다면 좋았을걸. 차라리 아무것도 몰랐으면 좋았을걸. 후회의 순간에 나는 아직도 고여 있었다.

'내가 다 잘못했어.'

'나 좀 도와줘.'

그 애가 열심히 낸 용기에 나도 보답했어야 했다. 왜 나일까. 왜 또 나였을까. 이런 내가 그런 너와 만난 건 우연이었다. 아는 만큼 공감했기 때문에 우연의 순간에서 널 알아챘다. 겪어본 만큼 보이는 거였다. 그래. 내가 아니면 안 됐다. 내가 했어야만 했다. 나는 나의 나약함을 방패로 스스로를 합리화하며 자위했고, 진실을 방관하고 무시했다. 소원에 대한 미안함과 허망함이 텅 빈 속으로 밀려 들어왔다. 괜찮냐고 물어볼 걸. 앞으로 어떻게 하고 싶은지 물어봐 줄걸. 홧김에 말해서 미안하다고 할 걸. 그제서야 나는 애써 무시했던 감정으로 기워진 온몸과 마음을 부여잡고 울어 재꼈다. 덕지덕지 점철된 기억과 감정들 속에서 나는 내가 해야 할 일을 찾아야 했다.

그렇습니다. 두려웠습니다. 그 새벽녘에 온 집안의 집기들을 집어던지며 울던 엄마의 모습이. 교회라는 말을 꺼내기라도 하면 불같이 화를 내며 기차 화통처럼 소리를 질러대던 아빠의 모습이. 그래서 차라리 입을 닫았습니다. 엄마가 사이비 교회에 계속 다니고 있다는 사실에 대해서. 거짓된 평화가 깨지는 것이 두려웠습니다. 소원이 내게 도움을 청하는 것이 버거웠습니다. 내 입방정으로 인해 소란해질 누군가의 마음이. 또한 나는 여전히 지옥 속에 살고 있을 것이지만, 나로 인해 평화로워질 소원의 가정이 질투가 났습니다. 나는 여전히 지옥 속에 살고 있습니다. 결국에서야 인정해 낸 내 죄책감의 본체. 우습게도 난 그 순간에 다다르고 나서야 마음을 다잡았습니다.

아밋대의 아들, 선지자 요나는 신의 명령에 반(反)했다. 신의 세계에서 그의 소리가 닿지 않는 곳을 찾아 요나는 부지런히도 도망쳤다. 아마 그가 믿는 신의 세상에서는 영원히 도착할 수 없을 곳으로. 그가 도망친 곳에 역시나 낙원은 없었다. 신은 도망치는 요나를 물고기의 뱃속에 잡아 가뒀다. 한 치 앞도 보이지 않는 곳에서 요나는 삼일 동안 회개했고, 기어이 '해야 할 일'을 할 곳으로 인도됐다. 요나는 신의 사자로 가서는 신의 과업을 불에 콩 볶듯 해치워버렸다. 신의 말을 어렵사리 전한 것이 무색하게도 신은 인간들을 참 쉽게도 용서했다. 요나는 허무해했다. 어찌저찌 과업을 마친 요나는 신에게 이리 부탁했다.

'여호와여 원컨대 이제 내 생명을 취하소서. 사는 것보다 죽는 것이 내게 나음이니이다.'

'해가 뜰 때에 하나님이 뜨거운 통풍을 준비하셨고 해는 요나의 머리에 쬐매 요나가 혼곤하여 스스로 죽

기를 구하여 가로되 사는 것보다 죽는 것이 내게 나
으니이다.'

 그래. 이러나저러나 삶은 언제나 고통이었다. 내 마
음속의 죄책감을 털어내고 나면, 그때쯤이면 정말로
난 이 삶을 끝낼 수 있을까. 참 웃긴 일이다. 내 삶의
원동력은 내가 하지 못한 것들에 대한 '미련'일까, 너
에 대한 '애정'일까.

 샤워기에서 쏟아지는 물이 욕조 바닥과 부딪히며
꽤 큰 소리를 냈다. 괜히 길을 크게 돌아 잘 가지 않는
마트에서 사 온 얼음봉지 여러 개를 꺼냈다. 꽤 무거
웠다. 조금 녹은 것 같지만 상관은 없었다. 나는 얼음
봉지를 그대로 찢어 욕조 안에 들이부었다. 균일하지
않은 얼음 조각들이 욕조와 부딪히며 더 큰 소리를
냈다. 욕조에 물이 어른거리며 찰 때까지 기다리려니
또 네 생각이 났다. 샤워부스에서 넌, 무슨 생각을 그
렇게 했어, 내 생각은 안 났어? 난 네 생각이 머릿속
에서 떠나질 않는데. 욕조가 이렇게 넓었나. 물이 푸
르게 쌓여갔다. 욕조를 채워가는 얼음물을 보며 괜히

약에 취한 듯 몽롱해졌다. 욕실 안에 울리는 물소리와 차가운 바닥, 흰 바닥타일과 벽, 무향과 무취의 공간에서 뚜렷한 색을 가진 건 나뿐이었다.

"하아"

괜히 목소리를 내봤다. 약은 아직 먹지도 않았건만 몸에 힘이 빠지고 현실감이 떨어졌다. 언젠가 약국에서 샀던 수면유도제를 꺼내 들었다. 여러 알을 다 삼키기엔 두려웠다. 천천히 껍질을 깐 수면제 두 알을 입에 털어 넣고 욕조의 물로 삼켰다. 차가운 물이 입을 떠나 어디로 지나가는지 온몸으로 느껴졌다. 두려움 때문인지 낮아진 온도 때문인지 모르게 입술과 몸이 슬슬 떨려왔다. 이러다가 그냥 욕조 밖에서 잠들어버리면 어떡하지? 지금 들어가야 하나? 괜히 약효 돌기 전에 들어갔다가 차가워서 깨면 어떡하지, 아냐. 뜸 들이다가 먼저 잠들어버리면 다 수포야. 다섯만 세고 들어가자.

"하나,둘… 셋…. 넷…… 다섯.."

들어가자. 욕조에 걸터앉아 발끝부터 물에 담갔다. 왜인지 담근 발끝에서 찡- 하는 소리가 나는 것 같았다. 물이 아프고 차가웠다.

"흡"

숨을 참으며 천천히 욕조에 안으로 들어갔다. 찡하고 아픈 냉기에 숨이 턱끝까지 차올랐다. 옷 속으로 차가운 물이 서서히 파고들어 오며 몸 구석구석을 적셨다. 움직일수록, 허우적거릴수록 더 추웠다. 몸을 다 담그자 비로소 욕조 밖 공기가 따뜻하게 느껴졌다. 만약 지금 당장이라도 욕조 밖으로 뛰쳐나가 엎어져도 여기보다는 따뜻하겠지. 발끝은 이미 감각이 사라진 것 같았다. 우려했던 것과 달리 이 상황 속에서도 잠은 오는 것만 같았다.

"하,하...."

추운 숨을 뱉는 건지 네 생각에 너털웃음이라도 짓는 건지 나도 모를 소리를 냈다. 서서히 잠이 온다. 여기서 잠든다면 난 영원히 이 순간에 고이게 되겠지. 시린 나른함에 몸을 맡기고 난 내 삶에서의 마지막일 수도 있는 걸음을 뗐다.

'안녕'

나는 누구에게 하는지 모를 인사를 속으로 되뇌었다.

언제였을까. 그래, 부딪힌 소원을 양호실로 데려다 줬었고, 발걸음을 떼려던 때였다. 이미 몸을 돌린 유나를 소원은 뒤에서 안았다. 유나는 어깨가 젖어 들어가는 것을 느꼈다. 꾸역꾸역 몸을 돌리자 소원은 천천히 고개를 들었다. 그렇게 정적만이 남은 상황에서 소원이 유나에게 입 맞췄다. 갑작스러운 상황에 유나의 숨이 멈췄다. 소원의 숨과 눈물도 멎었다. 둘의 눈빛이 당황으로 번지며 엮였다.

"뭐, 뭐,한거야? 왜......"

잠깐의 정적 사이로 유나가 물었다. 소원은 멍한 얼굴로 고개만 약하게 저었다.

"몰라 나도. 미안."

유나는 자신의 얼굴과 귀에 열이 달아오르는 걸 느꼈다. 동시에 수많은 의문과 생각들이 소원의 뇌를 덮쳤다. 이러면 안 되는 거 아니야? 이래도 돼? 이러면 안 된다 그랬는데. 안 되잖아. 흐르는 정적 따위에 어색함을 느낄 새도 없었다. 머릿속이 온통 혼란스러웠다. 눈물은 마른 지 오래였고, 입술에 닿았던 온기마저 금세 사라졌다. 마주치는 두 쌍의 눈동자들이 서로를 눈에 담아내며 바쁘게 흔들렸다. 흔들리는 눈동자를 통해 마침내 자신의 모습이 비치기 시작했을 때, 이번엔 유나가 소원에게 홀린 듯 입 맞췄다. 소원의 얼굴 위로 여러 감정이 읽혔다. 기쁨. 걱정. 해방. 슬픔. 수많은 감정들이 얽혀 만들어낸 혼란이 얼굴을 통해 비쳤다. 유나와 소원의 눈동자가 한순간도 서로를 놓치지 않았다. 그리고 그 순간 근처에서 들려오는 다른 학생들의 소리에 유나는 소원을 밀쳐내고 뛰어갔다. 입술의 감각이 선명했다. 선명한 눈물 냄새를 코에 담고 유나는 뜨겁게 달아났다. 우습게도 그게 소원과의 마지막 기억이었다.

"지잉- 지잉-"

몸이 욕조의 물과 함께 넘실거렸다. 샤워기에서 떨어지는 물이 욕조의 물과 마찰하는 소리가 슬슬 선명히 들려왔다. 핸드폰 진동 소리가 공기를 울렸다. 가벼운 낮잠을 자고 일어난 듯 몸이 나른했다. 욕조의 얼음은 이미 녹은 지 오래였고 욕실 거울은 뿌연 김으로 가득 차 있었다. 샤워기의 온도 레버는 뜨뜻미지근한 온도로 돌아가 따뜻한 물을 뿜어내고 있었다.

"살았다"

나는 샤워기의 물을 끄고 등을 기대어 앉았다. 소음이 뚝 끊긴 욕실 안에서 멍하니 내 모습을 되돌아보았다. 바닥에 아무렇게나 놓아뒀던 가방은 넘친 물에 젖은 지 오래였다. 퉁퉁 불어버린 손가락이 시간이 꽤 흘렀음을 상기시켜 줬다.

지잉- 다시 한 번 핸드폰 진동 소리가 공기를 울렸다. 나는 물이 뚝뚝 떨어지는 불어 터진 손을 뻗어 핸드폰을 집어 들었다.

해은으로부터 온 부재중 3건, 그리고 문자 메시지 3건.

'언니, 우리 언니 일어났어요.'
'언니가 찾아요. 병원으로 올래요?'
-주해은-

'엄마 오늘 교회 청소 당번이라 늦어~ 저녁 알아서
챙겨 먹어'
-엄마-

벌겋게 태어나기 전, 어설프게 이루어진 순간부터
내게 필히 예정된 것. 모태에서부터 갖게 되는 것은
어머니의 종교와 신앙이 아니었다. 예정된 죽음이었
다. 나의 운명이자 그것만이 온전한 나의 것. 태 속의
아이를 키워낸 건 모가 믿는 신앙의 은혜가 아닌 모
의 양분일 뿐이다.

모태신앙이란 말은 그저 빛 좋은 개살구. 종교적 우
월감을 덧씌우기 위한 가스라이팅일 뿐.

구원이란 말을 방패 삼아 그저 갖추어진 후생을 담
보로 허공에 대고 사랑을 부르짖는 개짓거리. 같은 허
상에 취해 단결된 멍청이들의 이루어질 리 없는 호소.

신에 반(反)한 아이들은 기어이 제명을 붙잡고 아득
바득 살아났다.

곧이어 유나의 울음소리가 적막했던 공간을 채웠다. 무너졌던 세상이 다시 기워지기 시작했다. 흑백이었던 세상이, 다시 채워지기 시작했다.

언더워터에 관해서

언더워터는 상실에 관한 이야기입니다. 그리고 이건 과장을 조금 보탠다면 제 연대기에 사랑을 가미한 '소설'입니다. 제가 처했던 상황에서 느꼈던 수많은 감정들을 각각 하나의 인물에게 투영해 제가 원하는 이야기와 결말로 꾸려보고 싶었습니다. 부모를 선택할 선택권을 상실한 채로 태어난 아이들. 이것이 제가 생각한 상실의 시발점입니다.

종교를 믿길 '선택'한 보호자와 그런 보호자의 아래에서 '이건 진리야' 라고 '교육'받으며 자란 아이들. 청소년 시기가 선물하는 느닷없는 사랑의 순간과 순진무구하기에 더 잔인하게 발현되는 인간의 이타성. 이 모든 것을 곧게 마주하며 원치 않게 성장해 버린 가여운 영혼들. 제가 표현하고자 했던 것들입니다.

19살 때 구상하기 시작한 소설의 끝을 25살이 되어서야 기어이 맺습니다. 살아가는 사람들 중 누군가는 상실을 받아들이기도, 상실을 이용하기도, 상실에 먹히기도, 혹은 상실에 취해 중독되기도 합니다. 저는 때로 아직 닥치지도 않은 일을 상상하며 더 큰 우울감에 취하고 그 안에 잠기는 편입니다. 저와 같은 인물을 그리고 싶다는 것이 사실 이 소설의 창작 계기가 아니었을까, 하는 생각이 스치기도 합니다. 제가 토해낸 감정 섞인 글자들에 불과하지만, 이 글을 통해 혹여나 위로받은 사람이 있다면 앞으로 당신이 걸어갈 길이 어이없을 정도로 순 행복만 가득했으면 좋겠습니다. 그리고 이후 다시 읽어본 제 소설에서는 공감을 통한 위로보다 각 인물들에 대해 순수하게 동정만을 느끼셨으면 좋겠습니다. 글재주가 없어 이만 줄이겠습니다. 감사합니다.

언더워터

초판1쇄 인쇄 2026년 04월 08일
초판1쇄 발행 2026년 04월 08일

지은이 | 윤화성

디자인 | 포레스트 미우
펴낸이 | 포레스트 미우
펴낸곳 | 포레스트 웨일
출판등록 | 제2021-000014 호
주소 | 충청남도 아산시 탕정면 용머리길 40 유니콘101 216호
전자우편 | forestmew@naver.com

종이책   979-11-7635-007-5

*포레스트 미우는 포레스트 웨일 출판사의 임프린트입니다

작가님들과 함께 성장하는 출판사
포레스트 미우입니다.
작가님들의 소중한 원고를 받고 있습니다.
forestwhalepublish@naver.com